알퐁스 도데 단편선집

순수의 결정체

알퐁스 도데 단편선집
순수의 결정체

발행일   2020년 11월 30일

지은이   알퐁스 도데
옮긴이   김설아·양승순
그린이   유민아
펴낸이   장재열
펴낸곳   단한권의책
출판등록   제251-2012-47호 2012년 9월 14일
주소   서울, 은평구 서오릉로 20길 10-6
전화   010-2543-5342
팩스   070-4850-8021
이메일   jjy5342@naver.com
블로그   http://blog.naver.com/only1books
ISBN   978-89-98697-88-4 03840

값 13,000원

알퐁스 도데 단편선집

순수의 결정체

알퐁스 도데 지음 | 김설아 · 양승순 옮김

| 차례 |

별

프로방스 지방 목동의 이야기

내가 뤼브롱 산에서 양을 치고 있을 때의 일이다. 몇 주
일 동안 사람 한 명 보지 못한 채, 사냥개 라브리와 양 떼
들을 데리고 목장에 남아 있어야 했다. 가끔씩 몽드뤼르
산의 은자가 약초를 찾으러 지나가기도 하고 삐에몽 지방
에서 온 어느 숯쟁이의 그을린 얼굴이 눈에 띄기도 했다.
하지만 그런 사람들은 고독이 몸에 배어 좀처럼 입을 여
는 일이 없었고 다른 사람들과 이야기를 하는 취미도 잃
어버렸거니와 산 아래 마을이나 도시에서 일어나고 있는
일 따위는 아무것도 모르는 순박한 사람들이었다. 그래

서 2주일에 한 번씩 내 양식을 실어다 주는 우리 농장 노새의 방울소리가 들려올 때라든지 농장 머슴아이의 작고 명랑한 얼굴이나 늙은 노라드 아주머니의 적색 모자가 언덕 위에 나타날 때에는 견딜 수 없이 기뻤다.

나는 그들에게 마을 소식이나 세례, 결혼 이야기 등을 묻곤 했다. 하지만 무엇보다 관심이 쏠린 것은 이 근처 백 리 안에서 가장 예쁜 주인댁 따님인 스테파네트 아가씨가 어떻게 지내는지 하는 것이었다. 나는 짐짓 관심이 없는 척하면서 아가씨가 마을 잔치에 참석하거나 저녁 나들이에 나가는지, 여전히 새 얼굴의 젊은이들이 아가씨의 호감을 사려고 몰려드는지를 알아내곤 했다. 산에서 양을 치는 하찮은 내가 그런 것들을 알아서 무엇 하느냐고 묻는 사람이 있다면, 나는 이렇게 대답할 것이다. 나는 스무 살이었고 스테파네트 아가씨야말로 지금까지 내가 본 사람 중에 가장 아름다웠다고.

그러던 어느 일요일, 도착하고도 남았을 내 보름치의 식량이 하루 종일 오질 않았다. 아침나절에는 이렇게 생각했다.

"대미사 때문이겠지."

그러다 점심쯤 되어 소나기가 쏟아지자, 이번에는 길이 나빠서 노새가 출발하지 못하는 것이라고 생각했다. 3시가 지나 겨우 하늘이 말끔해지고 물기를 머금은 산이 햇빛에 반짝거리고 있을 때, 나뭇잎에서 떨어지는 물방울 소리와 개천에 물이 불어 콸콸 넘쳐흐르는 소리에 섞여 노새의 방울 소리가 들려왔다.

그것은 마치 부활절에 울려 퍼지는 종소리만큼 반갑고 경쾌한 소리였다. 하지만 막상 노새를 몰고 온 것은 작은 머슴아이도 나이 든 노라드 아주머니도 아니었다. 그것은… 누구였을까? 뜻밖에도 바로 우리 아가씨였다. 스테파네트 아가씨가 버드나무 바구니 사이에 편안하게 걸터앉아 몸소 나타난 것이다. 그녀의 사랑스러운 얼굴은 산의 정기와 상쾌한 바람으로 발갛게 상기되어 있었다.

듣자 하니 어린 머슴아이는 앓아누워 있고 노라드 아주머니는 휴가를 얻어 자기 아이들 집에 갔다는 것이었다. 스테파네트 아가씨가 노새에서 내리며 이 모든 소식을 내게 전하고, 도중에 길을 잃어 늦어졌다고 설명해주었다. 하지만 꽃 리본이며 실크 스커트, 레이스 장식으로 한껏 차리고 나타난 아가씨를 보고 있자니, 덤불 속에서 길을 헤맸다기보다 무도회에서 막 돌아온 것 같은 생각이 들었다. 아, 저 귀여운 모습이라니! 아무리 바라보아도 내 눈은 지칠 줄을 몰랐다.

아가씨를 이렇게 가까이에서 본 적은 처음이었다. 겨

울에 양 떼를 몰고 내려와 저녁을 먹으러 농장에 들르면, 가끔 아가씨가 식당에 들어오는 일도 있었다. 항상 잘 차려입고 방을 휙 지나가곤 했는데, 하인들에게는 좀처럼 말을 걸지 않았고 약간 으스댔다. 그런데 지금 그 아가씨가 내 바로 눈앞에 있는 것이다. 그것도 나에게만 용건이 있는 것이다. 그러니 이만하면 넋을 잃을 만도 하지 않은가.

바구니에서 식량을 끌어내기가 무섭게 스테파네트 아가씨는 신기한 듯이 사방을 둘러보기 시작했다. 아가씨는 아름다운 나들이옷이 더러워지지 않도록 스커트 자락을 휙 걷어 올리고는 양 우리로 들어갔다. 내가 잠자는 자리와 양가죽을 깐 짚방석, 벽에 걸린 긴 두건 달린 외투, 지팡이, 새총 등을 보고 싶어 했다. 이 모든 것이 아가씨에게는 즐거웠던 것이다.

"그래, 여기서 산단 말이지? 항상 혼자서 얼마나 따분할까. 무얼 하며 시간을 보내? 무슨 생각을 하며?"

"당신을 생각하지요, 아가씨." 하고 말하고 싶었다. 이렇게 대답해도 거짓말은 아니었을 것이다. 그러나 그 순간 너무 당황하여 나는 한마디도 선뜻 대답할 수가 없었다. 분명 아가씨도 이것을 눈치채고도 심술궂은 장난으로 나를 더 곤란하게 만들고는 즐거워하고 있었다.

"여자 친구는 가끔 너를 만나러 올라오니? 그런 여자 친구라면 전설의 황금 염소나 저 산봉우리 위로만 돌아다니는 에스테렐 선녀와 꼭 같겠구나."

이렇게 말하는 아가씨야말로 내게는 영락없는 에스테렐 선녀 같아 보였다. 머리를 뒤로 젖히고 깔깔 웃는 모습이라든지 마치 꿈처럼 왔다가 급히 사라지는 것이 그러했다.

"잘 있거라, 목동아."

"안녕히 가세요, 아가씨."

아가씨는 빈 바구니를 들고 떠나 버렸다.

아가씨가 가파른 산길을 따라 사라지자 노새의 발굽에 차여 굴러떨어지는 돌멩이들이 마치 내 심장 위로 떨어져 내리는 것 같았다. 그 돌멩이 소리는 꽤 오랫동안 들려왔다. 나는 이 마법이 깨질까 두려워, 해질 때까지 손 하나 까딱하지 않고 그곳에 우두커니 서서 몽상에 잠겨 있었다.

저녁때가 다가와 골짜기가 짙은 푸른색을 띠기 시작하고 양들이 매 하고 울면서 무리 지어 우리로 돌아오고 있을 때, 밑으로 내려가는 언덕배기에서 누군가가 나를 부르는 소리가 들렸다. 그러고는 아가씨가 눈앞에 나타났다. 그러나 아가씨의 얼굴에서는 더 이상 웃음을 찾아볼

수 없었고, 물에 흠뻑 젖은 채 추위와 두려움에 떨고 있었다.

아마도 소나기 때문에 물이 분 소르그 강을 기어코 건너려고 하다가 물에 빠질 뻔했던 모양이다. 더 난처한 일은 밤이 되어서 이젠 농장으로 돌아갈 수조차 없게 되었다는 것이다. 지름길이 있다 해도 아가씨 혼자서는 절대 찾을 수 없을 테고, 내가 양 떼를 두고 떠날 수도 없는 노릇이었다. 산에서 밤을 보내야 하며 특히나 가족들이 걱정할 생각에 아가씨는 매우 곤혹스러워했다.

나는 최대한 아가씨를 안심시키려고 노력했다.

"아가씨, 7월은 밤이 짧습니다. 조금만 참으시면 됩니다."

나는 물에 젖은 아가씨의 발과 옷을 말리기 위해 급히 불을 피웠다. 그러고는 우유와 치즈를 아가씨 앞에 가져다주었지만 가엾은 아가씨는 불을 쬐려고도, 무엇을 먹어보려고도 하지 않았다. 아가씨의 눈에 굵은 눈물방울이 차오르는 것을 보자 나 역시 울고 싶어졌다.

그러는 동안 아주 밤이 되었다. 산마루에는 석양빛이 아주 희미하게 남아 있을 뿐이었다. 나는 아가씨가 우리 안에 들어가 쉬기를 바랐다. 새 볏짚 위에 한 번도 쓰지 않은 예쁜 양가죽을 깔고 아가씨에게 안녕히 주무시라고 인사를 한 후 나는 밖으로 나와 문 앞에 앉았다.

하늘에 맹세코, 내 마음은 그녀를 향해 타오르고 있었지만 불순한 생각은 조금도 갖고 있지 않았다. 우리 한 켠에서 잠든 양들 바로 곁에 우리 주인댁 따님이 – 마치 그 어느 양보다 더 희고 소중한 한 마리 양처럼 – 나의 보호 아래 마음 편히 쉬고 있다는 생각에 그저 자랑스러울 뿐이었다. 이제까지 밤하늘이 그렇게도 어둡고 별들이 그렇게도 빛나 보였던 적은 한 번도 없었다.

그때 갑자기 우리 문이 열리면서 아름다운 스테파네트 아가씨가 나타났다. 아가씨는 잠을 잘 수 없는 모양이었다. 양들이 뒤척이며 건초에 바삭바삭 소리를 내기도 하고 꿈을 꾸며 매 하고 울기도 했던 것이다. 그래서 차라리 모닥불 곁으로 오고 싶었던 것이다.

나는 염소 모피를 아가씨 어깨 위에 걸쳐주고 모닥불을 활활 지폈다. 우리는 아무 말도 하지 않고 그곳에 앉아 있었다. 밤에 별빛 아래서 잠을 청해본 사람이라면 우리가 잠든 시간에 신비로운 세계가 고독과 적막 속에 눈을 뜬다는 사실을 잘 알 것이다.

그때 샘물은 더욱 맑은 소리로 노래를 부르고 연못에는 도깨비불이 반짝이는 것이다. 온갖 산신령들이 자유롭게 돌아다니며, 대기 속에는 마치 나뭇가지가 우거지고 풀이 자라나는 소리와 같은 미세한 소리들이 바스락거리며 일어난다.

낮은 생물들의 세상이지만 밤은 무생물의 세상이다. 이런 밤의 세계에 익숙하지 못한 사람은 조금 무서울 수 있다. 그래서 아가씨도 바들바들 떨면서 아주 작은 소리에도 내게 바짝 다가들었다. 한번은 연못 깊은 곳에서 길고 음산한 울음소리가 물결을 치며 우리들 쪽으로 올라왔다. 이와 동시에 유성이 반짝이며 머리 위를 같은 방향으로 지나며 반짝이는 것이, 마치 우리가 방금 들은 신음소리가 빛을 이끌고 지나가는 것 같았다.

"저게 뭐지?"

스테파네트 아가씨가 내게 속삭이며 물었다.

"천국으로 들어가는 영혼이지요, 아가씨."

나는 이렇게 대답하며 성호를 그었다.

아가씨도 나를 따라 성호를 긋고는 잠시 뚫어지게 하늘을 쳐다보았다. 그러더니 내게 이렇게 물었다.

"그럼 너희 목동들은 마법사라는 말이 정말이니?"

"아니에요, 아가씨. 하지만 우리는 여기서 별과 더 가까운 곳에 살고 있으니 평지에 사는 사람들보다 별나라에서 일어나는 일을 더 잘 알 수 있답니다."

아가씨는 한 손으로 턱을 괴고 마치 작은 하늘의 목동처럼 염소 모피를 두른 채, 여전히 별을 올려다보고 있었다.

"어쩌면 저렇게 많을까! 너무 아름답구나! 이렇게 많은 별은 본 적이 없어. 넌 저 별들의 이름을 알고 있니?"

"물론이죠, 아가씨. 자! 우리들 머리 바로 위를 보세요. 저 별은 은하수랍니다. 좀 더 먼 곳에는 큰곰자리가 있지요."

"저 별들 중 하나는 우리 양 치는 사람들이 '마글론'이라 부르는 별입니다. 이 별은 토성의 뒤를 쫓아 7년마다 결혼을 하지요."

"어머나, 별에게도 결혼이란 것이 있니?"

"그렇답니다, 아가씨."

아가씨에게 별들의 결혼에 대해 설명해 주려고 할 때, 무언가 시원하고 부드러운 감촉이 어깨를 누르는 것이 느껴졌다. 그것은 아가씨가 졸음에 겨워 무거운 머리를, 리본과 레이스와 길고 검은 머리카락을 기분 좋게 비벼 대며 가만히 기대온 것이었다.

아가씨는 날이 밝아오면서 별빛이 희미해질 때까지 꼼짝 않고 그대로 기대어 있었다. 나는 아가씨의 잠든 모습을 들여다보고 있었다. 가슴이 설레는 것은 어쩔 수 없었지만, 내 마음은 아름다운 생각만을 하게 해주는 맑은 밤하늘의 보호를 받아 어디까지나 순수한 마음을 지키

고 있었다.

　우리를 둘러싼 모든 별들이 마치 거대한 양 떼처럼 유순하게 고요히 그들의 운행을 계속하고 있었다. 이따금 나는 이 별들 중 가장 아름답고 빛나는 별 하나가 부드럽게 내 어깨에 내려앉아 잠을 청하고 있다고 상상했다.

코르니유 영감의
비밀

함께 달콤한 포도주를 마시며 저녁시간을 때우려고 가끔씩 나를 찾아오곤 하던 늙은 피리 연주자인 프랑세 미아이가 얼마 전 내게 작은 사건에 대해 이야기해주었다. 그것은 한 20년 전에 내 방앗간 근처 마을에서 벌어진 이야기였는데 꽤 감동적이었다. 내가 들은 그대로 당신에게 그 이야기를 전한다.

　잠깐 동안 달콤한 향이 나는 와인 단지를 옆에 두고 앉아, 늙은 피리 연주자가 들려주는 이야기를 듣고 있다고 상상해보길 바란다.

선생, 우리 고장이 지금처럼 항상 활기 없는 곳은 아니었소. 예전에는 이곳에 커다란 밀가루 장터가 있어서 수십 킬로미터쯤 떨어진 곳의 농부들도 밀을 갈기 위해 이곳으로 오곤 했지. 마을을 둘러싼 언덕에는 방앗간들이 빼곡히 들어서 있었소. 어디를 보아도 소나무 위로 찬 북풍을 받으며 돌고 있는 풍차의 날개와 밀가루를 싣고 언덕을 느릿느릿 오르내리는 작은 당나귀들의 행렬을 볼 수 있었지.

매일같이 채찍소리와 풍차 날개의 삐걱거리는 소리, 방앗간 주인들이 일을 재촉하는 소리를 듣는 것은 정말 즐거운 일이었소. 일요일이 되면 이곳 사람들은 무리를 지어 방앗간으로 올라왔고, 방앗간 주인들은 우리에게 백포도주를 돌리며 고마운 마음을 표현하곤 했지.

레이스 숄과 금으로 만든 십자가로 장식한 방앗간 주인의 아내들은 마치 영화에 나오는 사람처럼 예뻐 보였어. 나는 당연히 내 피리를 가져갔고 우리는 밤늦도록 파랑돌(프랑스 프로방스 지방의 춤곡-옮긴이)을 추곤 했네. 알겠소? 이 방앗간들은 이 마을의 재산이자 혼이 깃든 곳이었소.

그런데 불행하게도 몇몇 사람들이 타라스콩으로 가는 길목에 새 증기 제분소를 만들려는 계획을 가지고 파리에서 나타났소. 사람들은 곧 이 제분소로 밀을 보내기 시작했고 불쌍한 방앗간 주인들은 밥줄이 끊기게 되었지. 한동안은 이들도 맞서 싸워보려 했지만, 증기기관은 새로운 시대가 다가옴을 의미했고, 결국 방앗간은 사라지고 말았소. 하나둘씩 방앗간이 문을 닫고 만 것이지.

사랑스러운 작은 당나귀의 모습은 이제 더 이상 보이지 않았소. 백포도주도, 파랑돌도 자취를 감추었어! 방앗간 주인의 아내들은 금으로 된 십자가를 팔아 겨우 먹고 살았지. 북풍이 아무리 세게 불어도 풍차 날개는 돌아가지 않았소. 그런데 어느 날, 지방 관리들이 폐허가 된 방앗간들을 모두 허물도록 명령했지. 그리고 그 땅에 포도나무와 올리브나무를 심어 버렸지 뭐요.

이런 몰락 속에서도 한 방앗간만은 살아남아 계속 풍차를 돌렸소. 제분소의 바로 코앞에서도 여전히 용감하게 일을 하고 있었던 거요. 그것은 바로 코르니유 영감의 방앗간이었지. 그래. 지금 우리가 담소를 나누고 있는 바로 이곳이라오.

코르니유 영감은 60년 동안 방앗간 일을 해왔고 그 어떤 것보다 자신의 일을 사랑했소. 그래서 제분소가 문을 열자 그는 크게 분노했지. 그는 일주일 동안 마을 곳곳을 돌아다니며 제분소에서 갈아낸 밀가루가 프로방스 전체를 중독시킬 것이라고 외쳤소.

"그놈들 일에는 어떤 것도 상관하지 말게."

그는 이렇게 말했지.

"이 도둑놈들은 악마의 바람과도 같은 증기를 이용하고 있어. 하지만 나는 북풍으로 일을 하지. 이 바람은 바로 신의 숨결이란 말이야."

그는 방앗간을 칭송하며 온갖 좋은 말들은 다 사용했소. 하지만 아무도 그의 말을 듣지 않았소.

완전히 미쳐 버린 영감은 그때부터 자신의 방앗간에 처박혀 마치 우리에 갇힌 동물처럼 혼자 살았지. 심지어는 자신의 손녀딸인 비베트마저 가까이 오지 못하게 했소. 그때 열다섯 살이었던 비베트는 부모가 돌아가신 이후 할아버지만이 유일한 가족이었는데도 말이야.

그래서 이 가엾은 어린 소녀는 농가에서 일을 해주고 받는 돈으로 생계를 이어가야 했소. 추수를 거들고 누에를 치고 올리브 열매를 따는 일 등을 도와주었지. 그래도 역시 소녀의 할아버지는 비베트를 무척 사랑했소. 그는 뜨거운 한낮에 종종 손녀를 보기 위해 그녀가 일하고 있는 농장으로 향하곤 했지. 그러고는 가슴 아파하면서 몇 시간이고 손녀를 바라보는 것이었소.

사람들은 이 늙은 방앗간 주인이 비베트를 내보낸 것

은 그저 돈 때문이라고 생각했소. 그들이 보기에, 손녀가 주인의 괴롭힘이나 학대, 그리고 어린 소녀가 일을 할 때 겪게 되는 온갖 비참함을 무릅쓰면서까지 이 농장 저 농장을 돌아다니며 일을 하도록 내버려 두는 것은 전혀 말이 되지 않았지.

한때 존경받았던 코르니유 영감이 지금은 집시처럼 거리를 배회하고 있었소. 맨발에 구멍 난 모자를 쓰고 누더기가 된 반바지를 입고 다녔지. 사실 우리같이 나이든 사람들은 일요일에 영감이 미사를 보러 올 때면 그의 모습에 수치심을 느끼곤 했어. 그도 이 사실을 잘 알고 있었기 때문에 교회 안으로 들어와 우리와 함께 앉을 생각은 하지 않았소. 그는 항상 교회 뒤쪽에 가난한 사람들과 함께 있었지.

코르니유 영감에게는 사람들이 이해할 수 없는 점이 한 가지 있었지. 오랫동안 마을의 어느 누구도 그에게 밀을 가져가지 않았는데도 그의 풍차는 계속 돌아가고 있었던 거요. 저녁이 되면 밀가루 자루를 짊어진 당나귀를 몰고 오솔길을 걸어가는 영감을 볼 수 있었소.

"안녕하세요, 코르니유 영감님!"

농부들은 그에게 이렇게 인사하곤 했소.

"방앗간이 아직도 일을 하고 있는 모양이지요?"

"그렇소."

영감은 유쾌하게 대답하곤 했지.

"다행히도 일거리가 끊이질 않는군."

하지만 어디서 그런 일거리가 들어오느냐고 묻기라도 하면 영감은 손가락을 입에 대고는 매우 심각하게 이렇게 대답하곤 했소.

"비밀로 해야 하네! 난 수출과 관련된 일을 하고 있어."

영감에게서 그 이상의 말을 들을 수는 없었지. 누구도 영감의 방앗간을 들여다볼 엄두를 내지 못했소. 어린 비베트조차 그 안에 들어갈 수 없었다니까.

사람들이 그의 방앗간을 지나갈 때마다 방앗간 문은 항상 닫혀 있었고 커다란 풍차 날개도 여전히 돌아가고 있었소. 늙은 당나귀는 방앗간 앞에서 풀을 뜯고 있었고 야윈 고양이는 창턱에서 햇볕을 쬐며 지나가는 사람들을 심술궂게 쳐다보곤 했지.

이 모든 것이 왠지 신비스러운 분위기를 자아내어 사람들은 이 방앗간에 대해 이것저것 떠들어 대느라 바빴지. 각자 코르니유 영감의 비밀에 대해 의견을 가지고 있었지만, 그 풍차 방앗간에는 밀가루 자루보다 돌자루가 더 많으리라는 것이 일반적인 생각이었소.

하지만 결국 모든 것이 밝혀졌소. 자, 들어보시오.

어느 날, 젊은이들이 내 피리 소리에 맞춰 춤을 추고 있을 때 나는 내 큰아들과 어린 비베트가 서로 사랑하고 있다는 것을 알게 되었소. 내심 그것이 싫지는 않았소. 어쨌든 코르니유라는 이름은 이 마을에서 존경받고 있으니 말이오. 게다가 이 예쁘고 어린 비베트가 집 안을 종종거리며 돌아다니는 모습을 보는 것도 꽤 즐거운 일이었소.

하지만 두 아이가 둘이서만 보내는 시간이 많았기 때문에 나는 혹시라도 사고가 생길 경우를 대비해 당장에 이 일을 해결하고 싶었소. 나는 비베트의 할아버지와 이야기를 하려고 방앗간으로 올라갔지. 그런데 그 늙은 영감탱이! 그가 나를 어떻게 맞아들였는지 선생은 믿을 수 없을 거요! 그는 문도 열어주려 하지 않았소. 나는 열쇠 구멍을 통해서 내가 온 까닭을 이야기했지. 그러는 동안 그 비쩍 마른 고양이가 내 머리 위 창턱에서 가르릉거리고 있었소.

영감은 내 말을 끝까지 듣지도 않고 무례한 말투로 나더러 돌아가서 피리나 불라고 말했소. 그리고 아들을 결혼시키는 것이 그렇게 급하면 제분소 여자들이나 찾아보라고도 했지. 이런 말을 듣고 내가 얼마나 분노했을지 짐작이 갈 거요. 하지만 나는 현명하게 화를 가라앉히고, 그 늙은 바보가 밀가루나 빻고 있도록 내버려두었소.

집으로 돌아온 나는 아이들에게 크게 실망한 이 일에 대해 들려주었소. 순진한 아이들은 내 이야기를 믿지 못했지. 그래서 자신들이 직접 영감을 만나 이야기해봐도 좋을지 내게 물어보았소. 나는 아이들의 청을 차마 거절하지 못했고, 아이들은 후다닥 달려 나갔소.

아이들이 방앗간에 도착했을 때, 마침 코르니유 영감은 어디론가 나가고 없었소. 문은 이중으로 잠겨 있었지만, 영감이 사다리를 밖에 놔둔 채 나간 모양이더군. 아이들은 곧장 창문을 통해 안으로 들어가 이 말 많은 방앗간 안에 무엇이 있는지 볼 수 있었소.

놀랍게도 밀을 가는 방은 텅 비어 있었다는군. 밀가루 자루는 하나도 없었고 밀알 한 톨도 보이지 않았소. 벽이나 거미줄에도 밀가루의 흔적은 찾아볼 수 없었지. 심지어 방앗간에서 풍기게 마련인 밀을 갈 때의 그 따뜻하고 향긋한 냄새도 없었어. 밀을 가는 기계는 먼지로 덮여 있었고 굶주린 고양이가 그 위에서 잠을 자고 있었지.

아래층 역시 사람 손이 닿지 않아 황량하기는 마찬가지였소. 초라한 침대, 누더기 몇 벌, 계단 위에 놓여 있는 빵 한 조각, 그리고 한쪽 구석에 서너 개의 자루가 열려 있는 것이 눈에 띄었는데, 그 안에는 돌무더기와 회벽 조각들이 넘쳐나고 있었소.

　그것이 바로 코르니유 영감의 비밀이었소! 저녁마다 그가 길을 오가며 나르던 것이 바로 이 회반죽이었던 거요. 이 모든 것이 단지 방앗간의 명성을 지키고 사람들로 하여금 방앗간에서 여전히 밀가루를 만들고 있다고 믿게 하기 위한 것이었지. 가엾은 영감! 코르니유 영감은 이미 오래 전에 일거리가 끊긴 상태였소. 풍차는 계속 돌고 있었지만 맷돌에는 갈 것이 하나도 없었던 거요.

　아이들은 눈물을 흘리며 돌아와 자신들이 본 것을 내게 이야기해주었소. 아이들의 이야기를 듣는 내 마음은 찢어졌소. 나는 곧장 이웃사람들에게 달려가 아주 간략하게 이 사실을 설명했소. 우리는 지금 당장 모을 수 있는 밀은 모두 모아 코르니유 영감의 방앗간으로 가지고 가자는 데 동의했소. 그런 다음 그대로 실행에 옮겼지. 온 마을 사람들이 방앗간으로 가는 길에서 만나 밀을 실은 당나귀와 함께 줄지어 산꼭대기에 도착했소. 이번에는 진짜 밀을 나른 거요.

방앗간은 활짝 열려 있었소. 문 앞에는 코르니유 영감이 회벽이 든 자루 위에 앉아 손에 얼굴을 파묻고 울고 있었소. 그는 조금 전 돌아와 자기가 나간 사이에 누군가 방앗간 안에 침입했으며 자신의 애처로운 비밀이 들통나 버렸다는 사실을 알아차린 거요.

"내 꼴도 참 불쌍하기도 하지."

그가 이렇게 말했소.

"차라리 죽는 편이 낫겠구먼. 이 방앗간을 수치스럽게 만들었어."

그리고 그는 비통하게 흐느끼며 마치 자신의 방앗간이 듣고 있기라도 한 듯 방앗간에게 온갖 위로의 말을 건네더군. 바로 그때 당나귀들이 도착했고, 우리는 그 옛날 좋은 시절에 그랬던 것처럼 모두 크게 소리 지르기 시작했소.

"여어, 거기, 방앗간! 이봐요, 코르니유 씨!"

그러고는 방앗간에 자루를 쌓아 올렸소. 황금빛이 도는 사랑스러운 밀알이 땅바닥에 온통 흘러넘쳤지.

코르니유 영감은 눈을 휘둥그레 뜨고 늙은 손에 밀을 한 주먹 움켜쥐고서 울었다 웃었다 했네.

"밀이다! 오, 하느님! 진짜 밀이구나! 내 눈이 실컷 볼 수 있게 놔두게."

그러더니 그는 우리를 향해 돌아서서 이렇게 말했소.

"자네들이 돌아올 줄 알고 있었어. 제분소를 가지고 있는 작자들은 모두 도둑놈들이야."

우리는 영감을 어깨에 태우고 의기양양하게 그를 마을로 데려가고 싶었소.

"아냐, 아냐, 이보게. 무엇보다 먼저 나는 내 방앗간에게 먹을 것을 좀 줘야겠네. 생각해보게. 저놈은 너무 오랫동안 아무것도 갈지 못하지 않았는가!"

영감이 자루 사이를 종종거리고 돌아다니며 자루 속의 밀을 맷돌에 집어넣고, 고운 밀가루들이 바닥에 흩뿌려지는 것을 지켜보는 모습을 보자 우리 모두 눈시울이 붉어졌소.

그날 이후로 우리는 그 늙은 방앗간 주인이 결코 일감이 떨어지는 일이 없도록 했다는 것만 알아주시오. 하지만 어느 날 아침, 코르니유 영감이 세상을 떠나고 우리의 마지막 풍차 방앗간의 날개도 마침내 최후를 맞이했소. 코르니유 영감이 죽자 아무도 그의 자리를 물려받지 않은 거요.

우리가 달리 어쩔 수 있었겠소, 선생? 이 세상에는 모든 것이 다 끝이 있게 마련이고, 우리는 방앗간의 시대도 저물어갔음을 인정해야 하오. 말이 끄는 바지선을 타고

론 강을 건너던 시대나 지방 의회, 예전에 남자들이 입던
꽃을 수놓은 코트처럼 말이오.

아를르의 여인

방앗간에서 마을로 내려가다 보면 어떤 농가를 지나가게 된다. 그 집의 넓은 앞마당에는 키가 큰 지중해 팽나무가 심어져 있다. 붉은 기와와 큰 갈색 벽, 여기저기에 문과 창문이 달린 전형적인 프로방스 지방 소지주의 집이다. 지붕 꼭대기에는 풍향계와 건초를 끌어올리는 도르래가 있고, 건초 몇 다발이 삐져나와 있다.

왜 이 특별한 집이 나를 잡아당기는 것일까? 어째서 그 닫힌 문이 내 피를 얼어붙게 하는 걸까? 나도 잘 모르겠다. 하지만 이 집이 나를 오싹하게 만든다는 것만은 확실

하다. 집 주위는 으스스할 만큼 고요했다. 개들조차 짖지 않았고, 뿔닭은 소리 없이 사방으로 흩어져 날아갔다.

집 안에서는 아무 소리도 들리지 않았다. 실로 노새의 방울 소리조차 들리지 않았다. 창문에 흰 커튼이 드리워져 있지 않고 지붕 위 굴뚝에서 연기가 피어오르지 않았다면 아마 빈 집이라 여겼을 것이다.

어제 정오쯤 나는 마을에서 돌아오는 길에 눈부신 햇살을 피하려고 이 농가 담벼락을 따라 늙은 팽나무 그늘 밑을 걷고 있었다. 농가 앞으로 난 길에서는 남자들이 말 없이 마차에 건초를 싣는 일을 마무리하고 있었다. 대문은 열려 있었고, 뜰 안쪽에 키가 큰 백발의 노인 한 분이 커다란 돌 탁자 위에 팔꿈치를 괴고 손으로 머리를 감싸 쥐고 있는 모습이 보였다. 그는 짧은 저고리와 해진 바지를 입고 있었다. 나는 가던 길을 멈추고 그를 바라보았다. 한 사내가 겨우 들을 수 있는 목소리로 내게 속삭였다.

"쉿! 저희 주인어른이랍니다. 아드님이 돌아가신 후 계속 저러고 계신답니다."

그때 검은 상복을 입은 부인과 작은 소년이 금박을 한 두꺼운 기도서를 들고 우리 곁을 지나 농가 안으로 들어갔다.

남자가 말을 이었다.

"미사에서 돌아오는 주인마님과 작은 아드님이지요. 큰 아드님이 자살한 뒤로 매일 저렇게 미사에 나가신답니다. 아, 선생님, 얼마나 가슴 아픈 일입니까. 아버지는 죽은 아들의 옷을 입고 있는데, 아무리 벗기려야 벗길 수가 없답니다. 어이, 이랴!"

마차는 휘청거리며 움직이기 시작했지만, 나는 좀 더 이야기를 듣고 싶은 마음에 마부에게 곁에 앉게 해 달라고 부탁했다. 그리하여 나는 마차 위 건초더미 속에서 어린 장의 저 슬픈 이야기를 모조리 듣게 되었다.

장은 소녀처럼 온순하면서도 체격이 좋고 다정한, 더할 나위 없이 훌륭한 스무 살 농부였다. 아주 미남이었기 때문에 많은 여자들의 시선을 끌었지만 그는 오직 한 여인, 벨벳과 레이스로 치장한 아를르의 한 자그마한 아가씨에게만 관심이 있었다.

그는 아를르 주 광장에서 그녀와 한 번 만났을 뿐이었다. 처음에는 그의 집에서 두 사람의 관계를 탐탁지 않게 받아들였다. 그 아가씨는 바람둥이라는 소문이 있었고, 그녀의 부모도 그 지방 사람이 아니었다. 하지만 장은 어떤 대가를 치르더라도 그 아가씨와 결혼을 하고 싶었다. 그래서 그는 이렇게 말했다.

"그 여자와 결혼할 수 없다면 전 죽어 버릴 거예요."

그리하여 가족들도 그의 말을 들어줄 수밖에 없었다. 부모는 추수가 끝난 후 두 사람을 결혼시키기로 했다.

　어느 일요일 저녁, 가족들이 앞마당에서 저녁 식사를 막 끝냈을 때였다. 그 식사는 결혼식 피로연이나 마찬가지였다. 약혼녀가 그 자리에 참석하지 않았지만 모두들 그녀의 건강과 안위를 위해 시종 축배를 들고 있었다. 그때 한 남자가 느닷없이 문 앞에 나타나더니 말을 더듬으며 에스떼브 주인님에게만 전할 말이 있다고 했다. 에스떼브는 자리에서 일어나 길가로 나갔다.

　"영감님, 당신은 지금 부정한 여자를 며느리로 삼으려고 하고 있습니다. 그 여자는 2년 동안 저의 정부였습니다. 그 증거로 여기 그녀의 편지가 있습니다! 그녀의 부모도 우리에 대해 모두 알고 있고 우리의 결혼을 승낙했습니다. 하지만 영감님의 아들이 그 계집에게 관심을 보인 후부터 그 부모도, 그 계집도 저를 거들떠보지 않더군요. 하지만 저는 그런 과거가 있는 계집이 다른 누구와 결혼하는 것은 도의상 절대 있어서는 안 되는 일이라고 생각합니다."

　"알겠소."

　편지를 쭉 훑어본 에스떼브 영감님이 이렇게 말했다.

　"들어와서 포도주나 한잔하시오."

남자가 대답했다.

"고맙지만 너무 원통해서 함께 술을 마실 기분이 아닙니다."

그리고 남자는 사라졌다.

주인은 아무 일도 없다는 듯이 돌아와 식탁에 앉았다. 식사는 꽤 즐겁게 끝났다.

그날 저녁, 에스떼브 영감님은 아들을 데리고 들로 나갔다. 두 사람은 얼마 동안 밖에 있었고, 이들이 돌아왔을 때 어머니가 두 사람을 기다리고 있었다.

"여보. 이 아이를 좀 안아 주구려. 아주 가엾은 녀석이야."

영감은 아들을 어머니에게 데리고 가며 이렇게 말했다.

장은 아를르 여인에 대해 다시는 입도 뻥긋하지 않았다. 하지만 여전히 그 여자를 사랑하고 있었다. 다른 사람의 여자라는 것을 알게 된 후 더욱 사랑하게 된 것이다. 문제는 그가 자존심이 너무 세어 그런 말을 하지 않았다는 것이다.

이것이 그 가엾은 청년을 죽게 만들었다. 가끔씩 그는 방구석에 혼자 틀어박혀 하루 종일 꼼짝도 않고 있곤 했다. 또 어떤 때는 정신없이 밭으로 나가 혼자서 열 사람의 일을 해치우기도 했다.

43

저녁때가 되면 그는 아를르 시의 교회 첨탑이 서쪽 하늘에 보일 때까지 아를르로 뻗은 길을 따라 하염없이 걷곤 했다. 그리고 거기까지 갔다가 다시 되돌아오는 것이었다. 결코 그보다 더 멀리 나가지는 않았다.

그가 항상 이렇게 슬픔에 잠겨 외로워하는 것을 보고 농장 사람들은 모두 어떻게 해야 할지 몰랐다. 가족들은 불상사가 일어나지 않을까 걱정했다. 한번은 식사를 하던 중에 어머니가 눈물이 가득한 눈으로 아들에게 말했다.

"그래, 장, 들어보렴. 네가 정말 그 여자를 원한다면 결혼시켜주마."

아버지는 창피스러워 얼굴을 붉히며 머리를 숙였다.

장은 고개를 흔들고는 그 자리를 떠났다.

그날부터 장은 태도를 바꿔 부모를 안심시키기 위해 언제나 명랑한 척 꾸며 댔다. 그는 다시 무도회나 술집, 그리고 소들에게 낙인을 찍은 후 으레 열리는 마을 잔치에도 모습을 나타냈다. 퐁비에유의 축제에서는 앞장서 파랑돌 춤을 추기도 했다.

아버지는 "저 녀석이 이제 다 훌훌 털어 버린 모양이야." 하고 말했다. 하지만 어머니는 여전히 걱정스러운 마음에 전보다 더 유심히 아들을 지켜보곤 했다. 장은 누에 치는 곳 바로 옆방에서 동생과 함께 잤다. 불쌍한 어머니는 두 아들이 자는 바로 옆방에 자기 침대를 옮겨 놓았다. 밤중에 누에를 돌봐야 한다는 핑계를 대고서 말이다.

소지주들의 수호신인 성 엘르와의 축제일이 되었다.

이날은 농가의 큰 기쁨이었다. 모두가 샤토뇌프 술을 실컷 마실 수 있었고 달콤한 포도주도 넘쳐 났다. 그러고는 크래커(영국에서 크리스마스 파티나 만찬 때 쓰는 것으로, 두 사람이 양쪽 끝을 잡고 끌어당기면 폭죽 터지는 소리가 나게 만든 튜브 모양의 긴 꾸러미. 속에는 보통 종이 모자나 작은 선물 등이 들어 있다.-옮긴이)가 터지고 모닥불이 타오르며 팽나무 가득히 형형색색의 등불이 걸렸다.

성 엘르와 만세! 모두가 지쳐 쓰러질 때까지 파랑돌 춤을 추었다. 동생은 새로 만든 작업복을 태워 먹었다. 장 역시 즐거워 보였고, 어머니에게 춤을 추자고 권하기도 했다. 어머니는 기쁨의 눈물을 흘렸다.

자정이 되자 사람들은 모두 자러 갔다. 모두가 지쳐 있었다. 하지만 장만은 잠들지 못했다. 그가 밤새 흐느꼈다고 동생이 나중에 말해주었다. 아, 그는 정말 무척이나 괴로웠을 것이다.

다음 날 아침 어머니는 누군가가 아들의 침실을 지나 달려가는 소리를 들었다. 그녀에게 어떤 예감이 엄습했다.

"장이니?"

장은 대답이 없었다. 그는 이미 계단을 오르고 있었다.

어머니는 재빨리 일어나 말했다.

"장, 어디 가는 거니?"

장은 다락방을 오르고 있었다. 어머니가 그 뒤를 쫓아갔다.

"도대체 왜 그러니!"

그는 문을 닫고 빗장을 걸었다.

"장, 장, 대답 좀 하렴. 뭐 하는 거니?"

어머니는 주름진 손을 떨면서 문고리를 더듬어 찾았다. 그때 창문이 열리면서 앞마당에 깐 평판 위에 무언가 떨어지는 소리가 들렸다. 그러고는 끔찍할 만큼 조용해졌다.

이 불쌍한 청년은 이렇게 생각했던 것이다.

"그녀를 너무 사랑하는구나. 이 모든 것을 끝내 버리고 싶다."

아, 우리 인간은 얼마나 가엾은 존재인지! 아무리 경멸하려 해도 사랑하는 마음을 꺾을 수가 없으니 참으로 가혹한 일이 아니겠는가.

그날 아침 마을 사람들은 에스떼브 농가에서 누가 그렇게 울었는지 의아해했다.

그것은 마당 안, 이슬과 피로 범벅이 된 포석 앞에서 축 늘어진 죽은 아들을 끌어안고 통곡하는 어머니의 울음 소리였다.

스갱 씨의 염소

파리의 서정시인 피에르 그랭고와르에게

 자넨 결코 성공하지 못할 걸세, 그랭고와르!
 난 도저히 믿을 수가 없네! 파리의 좋은 신문사에 기자
자리를 제시했는데 그걸 거절할 정도로 자네가 철면피였
다니. 자네 모습을 좀 보게, 이 친구야. 그 구멍 난 더블
릿(14~17세기에 남성들이 입던 짧고 꼭 끼는 상의-옮긴이) 하
며, 닳아빠진 바짓가랑이, 굶주림을 여실히 드러내는 초
췌한 얼굴을 좀 보란 말일세. 고작 그런 것이 시에 대한

열정이란 말인가! 10년 동안 충실히 글을 쓴 대가가 얼마나 되는지 좀 보게. 자넨 정말 자존심도 없는가? 그러니 그 제안을 받아들이고 기자가 되라고, 이 바보 같은 친구야! 돈도 벌 것이고 브레방 식당에서 식사도 할 수 있고 연극 초연에 보란 듯이 나타날 수 있게 될 거란 말일세.

아니라고? 자넨 그런 걸 바라지 않는다고? 자넨 끝까지 자네 멋대로 자유롭게 지내는 걸 더 좋아하는군. 그럼 스갱 씨의 마지막 남은 아기 염소 이야기를 들어보게. 자유에 대한 갈망으로 자네가 얻게 되는 것이 무엇인지 알게 될 걸세.

스갱 씨는 염소를 키우면서 한 번도 운이 좋았던 적이 없었지. 그는 똑같은 방법으로 염소를 모두 잃어버렸네. 어느 화창한 아침, 염소들이 묶어 놓은 밧줄을 끊고 산으로 도망가 버리면 크고 사나운 늑대가 염소들을 잡아먹어 버리는 것이지.

주인의 따뜻한 손길도 늑대에 대한 두려움도 염소들을 붙잡아두지 못했지. 염소들은 어떤 대가를 치르더라도 자유와 광활한 공간을 원하는 거였네.

그러나 동물들의 마음을 알지 못한 스갱 씨는 크게 실망하여 이렇게 말했네.

"이제 다 끝났어. 염소들이 이곳에 싫증이 난 모양이야. 난 이제 단 한 마리도 못 데리고 있겠어."

하지만 그는 완전히 낙담한 것은 아니어서 염소 여섯 마리를 잃어버린 후에도 일곱 번째 염소를 또 샀다네. 이번에는 더 잘 길들일 수 있도록 아주 어린 녀석으로 샀지.

아! 스갱 씨의 어린 염소는 정말 예뻤다네. 유순하게 생긴 눈과 수염, 검게 빛나는 발굽, 줄무늬가 있는 뿔, 그 녀석에게 좋은 외투가 되어 주는 길고 하얀 털! 거의 에스메랄다의 어린 염소만큼 사랑스러웠지. 기억나나, 그랭고와르? 젖 짤 때 움직이지도 않고, 대접에 발을 넣지도 않고 아주 고분고분하고 다정한 염소였지.

정말 사랑스러운 꼬마 염소였어.

스갱 씨의 집 뒤는 산사나무로 둘러싸여 있었는데, 그는 바로 여기에다 새 어린 염소를 놓아두었네. 그는 풀밭의 가장 좋은 자리에 있는 말뚝에 이 녀석을 묶어 놓았네. 신경 써서 줄을 길게 해주고 종종 염소가 잘 있는지 보러 가곤 했네. 염소는 아주 행복해 보였고 열심히 풀을 뜯고 있었기 때문에 스갱 씨는 너무 기뻤지.

"마침내 불쌍한 내가 승리를 거두었군. 이 녀석은 이곳을 지겨워하지 않으니 말이야!"

하지만 스갱 씨의 생각은 틀렸다네. 염소가 지겨워하기 시작했던 거야.

어느 날 어린 염소는 산을 바라보면서 이렇게 생각했네.

"저 위에 있으면 얼마나 멋질까! 내 목에 쓸리는 이 밧줄도 없이 황야를 뛰어다니면 얼마나 좋을까. 이렇게 갇혀서 풀을 뜯는 것은 소나 당나귀에게나 어울리는 일이지, 염소들은 마음껏 돌아다닐 수 있게 해야 한단 말이야."

이때부터 염소는 울타리 안의 풀이 맛없어지기 시작했네. 그 녀석에게 권태기가 찾아온 거지. 염소는 몸이 마르고 젖도 거의 말라 버렸네. 녀석이 머리를 산 쪽으로 향한 채 콧구멍을 벌리고 구슬프게 '매' 하고 울면서 하루 종일 끈을 잡아당기는 것을 보는 것은 참으로 가련했다네.

스갱 씨는 염소에게 뭔가 잘못됐다는 것은 눈치 챘지만 그것이 무엇인지는 알지 못했지. 어느 날 아침, 스갱 씨가 염소의 젖을 다 짜고 나자 녀석은 스갱 씨를 바라보며 이렇게 말했네.

"들어 보세요, 스갱 아저씨. 전 이곳에서 여위어 가고 있어요. 저를 산으로 가게 해 주세요."

"아, 맙소사. 이놈도 역시!"

스갱 씨는 깜짝 놀라 젖 그릇을 떨어뜨리며 외쳤지. 그러고는 염소 곁 풀밭에 앉아 이렇게 말했다네.

"그렇구나, 나의 블랑캐트. 네가 날 떠나고 싶어 하다니!"

그러자 블랑캐트가 대답했네.

"네, 스갱 아저씨."

"여기 풀이 부족하니?"

"아, 아니에요. 스갱 아저씨."

"줄이 너무 짧은가 보구나. 줄을 길게 해주련?"

"그런 건 중요하지 않아요, 스갱 아저씨."

"그럼 필요한 것이 무엇이냐? 무얼 원하니?"

"저는 산으로 가고 싶어요, 스갱 아저씨."

"가엾은 것. 하지만 산에는 크고 사나운 늑대가 있다는 걸 모르니? 늑대가 나타나면 그땐 어떻게 할 거니?"

"늑대를 들이받아 버릴게요, 스갱 아저씨."

"크고 사나운 늑대는 네 뿔과 상대가 되지 않는단다. 늑대는 너보다 훨씬 큰 뿔을 가진 염소들도 많이 잡아먹어 버렸지. 작년에 이곳에 있었던 불쌍한 르노드에 대해 생각해봤니? 그 녀석은 정말 튼튼하고 고집도 센 것이 꼭 숫염소 같았지. 그 녀석은 밤새 늑대와 싸웠지만 아침에 결국 늑대에게 잡아먹히고 말았단다."

"불쌍한 르노드! 하지만 그래도 바뀌는 건 없어요, 스갱 아저씨. 저를 산으로 보내주세요."

"맙소사! 도대체 내 염소들에게 무슨 일이 일어난 거지? 또 한 녀석이 늑대 밥이 되겠구나. 내가 그렇게 두지 않을 거야. 아무리 그래도 난 널 구할 거란다, 이 녀석. 네가 줄을 끊지 못하도록 외양간에 가둬야겠다. 넌 거기에 있을 거야."

스갱 씨는 말이 끝나기가 무섭게 염소를 캄캄한 외양간에 가두고 문을 단단히 잠가 두었다네. 하지만 창문을 닫는 것을 깜박했고, 그가 등을 돌리기가 무섭게 염소는 달아나 버렸지.

웃고 있나, 그랭고와르? 그렇겠지! 자네가 스갱 씨 편이 아니라 염소 편이라는 것쯤은 확실히 알 수 있네. 자네가 계속 웃을 수 있을지 두고 보세.

하얀 염소가 산에 도착했을 때는 그야말로 황홀 그 자체였지. 오래된 전나무들, 그처럼 사랑스러운 것은 한 번도 본 적이 없었던 거야. 염소는 왕비처럼 대접을 받는 기분이었네.

밤나무는 잎사귀 끝으로 염소를 쓰다듬어 주느라 땅바닥까지 몸을 굽혔고, 금작화는 염소가 지나가도록 길을 만들어주고 최대한 닿지 않으려고 애썼지. 산 전체가 염소가 온 것을 환영했네. 그랭고와르, 그러니 우리 염소가 얼마나 행복했을지 생각해보게! 밧줄도 없고 말뚝도 없고 아무 데나 가서 원하는 만큼 풀을 뜯어먹는 걸 막을 것이 아무것도 없었지. 그 부근에는 풀이 아주 많았다네. 뿔이 풀 속에 파묻힐 지경이었으니 얼마나 많은 풀이 있었겠나!

거기다 맛도 좋고 부드럽고 솜털 같은 풀들이 빽빽하게 들어서 있으니 울타리 안의 풀과는 비교도 안 될 만큼 훌륭한 것이었지. 또 꽃도 있었다네! 큰 블루벨, 꽃자루가 긴 자줏빛 디기탈리스 등 숲이 온통 자극적인 즙이 넘쳐 흐르는 야생화로 가득 차 있었네.

하얀 염소는 반쯤 취해 다리를 공중에서 마구 흔들며 풀 속에서 뒹굴기도 하고 밤나무 아래 낙엽과 뒤범벅이 되어 비탈을 따라 구르기도 했지. 그러고는 갑자기 껑충 뛰어오르기도 했지. 머리를 내밀고 회양목과 금작화 더미 사이를 부주의하게 돌아다니면서 모든 곳을 헤집고 다녔네. 그 산 속에 스갱 씨의 염소가 여러 마리 있다고 생각했을 지경이었지.

분명 블랑캐트는 아무것도 두려운 것이 없었네. 물을 흠뻑 튀기고 있는 큰 급류를 한 번에 뛰어넘었지. 물에 흠뻑 젖은 녀석은 어느 널찍한 바위 위에 몸을 쭉 늘어뜨린 채 햇볕에 몸을 말렸네. 한번은 나도 싸리 꽃을 입에 물고 언덕 가장자리로 다가가서 저 아래 평지에 있는 스갱 씨의 집과 울타리를 발견했네. 녀석은 눈물이 나도록 웃어 댔지.

"정말 작지 뭐야! 어떻게 내가 저런 곳에서 참고 있었을까?"

이 가엾은 어린 짐승은 까마득한 저 아래를 내려다보며 자신이 세상의 가장 높은 곳에 있다고 믿었다네.

요컨대 그날은 스갱 씨의 어린 염소에게는 행복한 날이었네. 정오쯤에는 이리저리 뛰어다니다가 머루를 오독오독 먹고 있는 영양 떼도 만났으니까. 흰 드레스를 입은 우리의 작은 꼬마는 완전히 센세이션을 일으켰지.

신사다운 영양 떼들은 염소가 가장 좋은 머루를 먹을 수 있도록 자리를 내어주었네. 이건 우리끼리니 하는 이야기인데, 검은 털의 젊은 영양 한 마리가 블랑캐트의 시선을 사로잡은 것 같기도 했네. 두 연인은 한두 시간 동안 숲 속을 헤매고 다녔지. 이들이 주고받은 얘기를 알고 싶거든 이끼 속에 보이지 않게 구불거리며 졸졸 흐르고 있는 시내에게 물어보게.

갑자기 바람이 쌀쌀해졌네. 산은 보랏빛으로 변했고 저녁이 되어 버렸지.

"벌써!"

어린 염소는 이렇게 말하고 놀라서 멈춰 섰네. 산골짜기에서는 들이 안개에 젖어 있었어. 스갱 씨의 울타리는 안개에 가려졌고 집은 지붕과 희미한 연기만 보일 뿐이었지. 염소는 집으로 돌아가는 양 떼들의 방울 소리를 듣고 기분이 아주 우울해지는 것을 느꼈네. 집으로 돌아가던 큰 매 한 마리가 날개로 녀석을 스치며 지나갔지. 녀석은 움찔하고 놀랐네. 그러고는 산속에서 짐승들의 울음소리가 울려 퍼졌다네.

그제야 녀석은 크고 사나운 늑대 생각이 났지. 하루 종일 까맣게 잊고 있었는데 말일세. 바로 그때 저 멀리 계곡에서 나팔소리가 났네. 마지막으로 노력해 보는 스갱 씨였다네.

늑대가 다시 울부짖었네.

"돌아오렴! 돌아오렴!"

나팔이 울었지.

블랑캐트는 돌아가고 싶었네. 하지만 말뚝과 밧줄, 둘러싸인 울타리를 떠올렸지. 염소는 이제 다시는 그런 생활에 익숙해질 수 없으며 그냥 산속에 남는 편이 더 낫다고 생각했지.

나팔소리가 잠잠해졌네.

염소는 자기 뒤에서 나뭇잎이 바스락거리는 소리를 들었네. 염소는 뒤돌아보았고, 그늘 속에서 두 개의 짧고 쫑긋 선 귀와 반짝이는 두 눈을 보았네. 그것은 크고 사나운 늑대였다네.

엄청나게 큰 것이 움직이지도 않고 뒷다리를 바닥에 대고 앉아서는 하얀 꼬마 염소를 쳐다보며 군침을 삼키고 있었지. 늑대는 염소가 결국은 자신의 밥이 될 것을 잘 알고 있었기 때문에 조금도 서두르지 않았네. 염소가 뒤돌아섰을 때 고약하게 웃을 뿐이었지.

"하하! 스갱 씨의 어린 염소로군!"

늑대는 붉은 혀로 다시 한 번 입맛을 다셨지.

블랑캐트는 모든 것이 끝났다고 생각했네. 밤새 용감하게 싸운 후 늑대의 밥이 되어 버린 늙은 르노드의 이야기를 잠시 떠올리면서, 어쩌면 얼른 잡아먹히는 게 더 나을 거라고 생각했지. 하지만 곧 생각을 바로잡고는 머리를 아래로 하고 뿔을 앞으로 한 채, 스갱 씨의 용감한 어린 염소처럼 크고 사나운 늑대에게 맞섰네. 자신이 늑대를 죽이겠다고 기대해서가 아니라 – 염소가 늑대를 죽이지 못하니까 – 그저 르노드만큼 오래 견딜 수 있을지 보고 싶었던 거야.

크고 사나운 늑대가 가까이 다가오자 염소는 작은 뿔

로 싸움에 응했네.

아! 용감한 어린 염소여. 그 녀석이 얼마나 사력을 다해 싸웠던지. 그랭고와르, 맹세컨대 녀석은 열 번이나 늑대가 숨을 고르느라 뒤로 물러서게 했네. 이렇게 짧게 숨을 돌리는 동안 녀석은 재빨리 자신이 그토록 좋아하는 풀을 한두 입 뜯어서 여전히 입으로 우물거리며 다시 전투에 임했네. 그렇게 밤이 새 버렸지. 가끔씩 스갱 씨의 어린 염소는 맑은 하늘에서 빛나고 있는 별들을 올려다보며 이렇게 혼잣말을 했지.

"아, 아침까지만 버틸 수 있으면 좋으련만."

별들이 하나둘씩 희미해져 갔네. 블랑캐트는 격렬하게 돌격했고 늑대는 이빨로 물어뜯었네. 희미한 햇빛이 점점 지평선에 나타났고, 어린 수탉이 아래 농가에서 목이 쉬도록 울어 댔지.

"드디어!"

용감하게 죽을 수 있도록 아침이 오기만을 기다렸던 불쌍한 염소가 말했네. 그리고 염소는 땅에 쓰러졌네. 아름다운 하얀 털은 피로 얼룩져 있었지.

그러자 마침내 늑대가 어린 염소에게 달려들어 먹어 치우고 말았네.

잘 있게, 그랭고와르!

자네가 들은 이야기는 내가 지어낸 것이 아닐세. 자네가 프로방스에 온다면 우리 소작농들이 밤새 크고 사나운 늑대와 싸우고 아침에 잡아먹혀 버린 스갱 씨의 어린 염소에 대해 자주 이야기해줄 걸세.

잘 생각해보게, 그랭고와르. 크고 사나운 늑대가 아침에 염소를 잡아먹었다는 것을.

첫 인상

이곳에 왔을 때 나와 토끼들 중에 누가 더 놀랐을까. 오
랫동안 출입문은 빗장이 채워져 굳게 닫혀 있었다. 담벼
락과 안뜰에는 잡초가 무성하게 자라 있었다. 그러자 토
끼들은 방앗간 주인이라는 종족이 당연히 멸종했을 거라
고 믿었던 모양이다. 토끼들은 방앗간이 너무도 마음에
들어 그곳을 자신들의 본거지로 삼기로 했다. 내가 도착
했던 그날 밤, 정말이지 스무 마리가 넘는 토끼들이 이리
저리 달빛 아래 안뜰에 흩어져 있었다. 슬며시 창문을 열
자 토끼들은 모두 달아나 덤불 숲 안으로 하얀 등을 감

쳐 버렸다. 하지만 나는 토끼들이 다시 돌아오길 바랐다.

이곳에서 지내던 녀석들 중에 나를 보고 소스라치게
놀라는 게 또 있었다. 심각한 표정을 짓고 있는 늙은 부엉
이였는데, 이곳에 한 20년은 세 들어 살고 있었다. 부엉이
는 무너진 담벼락과 기와 사이로 솟은 횃대 위에서 꼼짝
도 않고 앉아 있었다. 순간 부엉이는 커다랗고 둥근 눈으
로 나를 쳐다보았다. 낯선 사람을 보고는 무척 놀랐는지
부엉부엉 울더니 먼지 덮인 잿빛 날개를 힘겹게 퍼덕거렸
다. 하여간 생각이 너무 깊은 이 녀석들은 결코 씻는 법
이 없었다. 하지만 아무려면 어때! 두 눈을 껌벅이며 시무
룩한 표정을 짓고 있어도, 이 특별한 세입자들이야말로
나는 가장 마음에 들었다. 나는 곧바로 부엉이를 맞아들
이기로 마음먹었다. 올빼미는 늘 그랬던 것처럼 지붕 쪽
입구 옆에 방앗간 꼭대기에 머물렀다. 나는 아래층 벽에
흰 회벽칠을 하고 천장이 낮게 드리워진, 수도원 식당 같
은 작은 방에 짐을 풀었다.

나는 지금 방앗간에서 눈부신 햇살이 들어오도록 문
을 활짝 열어 놓고 당신에게 편지를 쓰고 있다.

눈앞에는 사랑스럽고 눈부신 햇살이 내리쬐고, 소나무
숲이 산기슭 아래로 펼쳐져 있다. 여기서 가장 가까운 알
피유 산맥이 멀리 보이는데 웅장한 봉우리가 하늘을 찌

른다. 사방은 고요하고 희미한 피리 소리와 라벤더 가지 위에서 도요새 우는 소리, 길을 걷는 노새의 목에 달린 방울이 딸랑 거리는 소리만 겨우 들릴 뿐…. 프로방스의 햇살은 이 아름다운 풍경에 더욱 생기를 불어넣는다.

그러니 지금 이 순간, 내가 우중충하고 시끌벅적한 파리를 그리워하고 있지 않을까 궁금하진 않겠지? 사실 나는 이곳에서 지내는 게 정말 마음에 든다. 이곳은 내가 그동안 찾던 향기롭고 따뜻한 곳이다. 신문도, 마차도, 안개도 닿지 않는 아주 외딴 곳! 나는 정말 온갖 사랑스러운 것들에 둘러싸여 있다. 이곳에 온지 여드레밖에 되지 않았는데 내 머릿속은 온갖 생생한 기억과 아름다운 인상으로 가득 차 있다. 예를 들어, 어제 저녁 나는 산기슭 아래 농장으로 돌아가는 가축 떼를 보았다. 이런 경이로움을 파리에서 일주일 동안 누린 최고의 것을 다 준다 해도 결코 맞바꾸지 않으리라. 당신도 한번 상상해보라.

프로방스에서는 따스한 봄이 되면 양 떼를 몰고 산 위로 올라간다. 대여섯 달 동안 사람과 양 떼가 오로지 하늘을 지붕 삼고 풀밭을 침대 삼아 함께 지낸다. 계절이 바뀌어 가을바람이 처음 불어오면 농장으로 돌아온다. 그러면 로즈마리 향기가 그윽한 언덕에서 양들이 풀을 뜯는 모습을 다시 볼 수 있다. 해마다 돌아오는 기쁜 날이, 양 떼가 돌아오는 날이 바로 어제였다. 날이 밝자마자 농장에서는 헛간 문을 활짝 열어 놓고 헛간 안에 새 지푸라기를 깔았다. 이따금씩 동네 사람들은 양 떼가 어디쯤 오는지 맞혀보곤 했다. "지금쯤 에기에르에 와 있겠군."이라든가 "파라두쯤 와 있을 거야." 같은 말이 돌곤 했다. 그러다가 저녁 무렵이 되자 갑자기 누군가 외치는 소리가 들렸다.

"양 떼가 오고 있어요!"

양 떼가 뭉게뭉게 먼지를 일으키며 걸어오고 있었다. 가까이 다가올수록 양 떼들은 다 같이 행진을 하는 것 같았다. 뿔을 앞으로 세운 늙은 양이 앞서고 다른 양들이 뒤를 따랐다. 매우 지친 어미 양은 새로 태어난 아기 양을 데리고 걸어갔다. 빨간 방울을 단 노새는 태어난 지 하루 지난 양을 바구니 안에다 이리저리 흔들어 재우면서 걸었다. 그 뒤로 이리저리 뛰어다니느라 숨이 차서 혀를 쭉 내밀고 달리는 개가 건장한 양치기와 함께 지나갔다. 양치기들은 바닥까지 내려오는, 붉은색의 튼튼한 천으로 짠 망토를 입고 있었다.

위풍당당하게 우리들 앞을 지난 양 떼 행렬은 소나기처럼 우르르 발소리를 내며 열린 농장 문 안으로 들어갔다. 헛간 안이 얼마나 소란스러운지 당신도 봤어야 하는데!

망사 레이스 같은 볏에 초록빛과 황금빛 깃털을 지닌 커다란 공작새가 양들이 도착하는 것을 보고 울면서 환영했다. 그러자 졸던 닭들이 잠에서 깨어 이리저리 온 사방에 흩어졌다. 비둘기와 오리, 칠면조, 뿔닭들이 우왕좌왕 달리고 날아다녔다. 이렇게 새 사육장 안에서는 한바탕 소동이 벌어졌다! 이 광경을 보면 양들이 제각각 산 위의 향기를 양털에 싣고 와서 다른 모든 동물들을 열광시키고 춤추게 만드는 거라는 생각이 들 것이다. 몹시 소란스러운 와중에도 양 떼들은 자리를 잡았다. 가축들이 농장에 돌아오는 날은 정말로 흥미롭기 그지없었다. 늙은 양들은 농장을 보자마자 감격스러워하고, 여행 중에 태어난 아기 양들은 놀라운 눈으로 사방을 두리번거렸다.

하지만 무엇보다 인상적인 것은 온순한 양치기 개들이었다. 개들은 농장에 무사히 돌아올 때까지 이리 뛰고 저리 뛰며 바쁘게 양들을 지켰다. 농장에 남아 있던 개들이 짖어 대도 아무런 소용이 없었다. 시원한 물이 넘쳐흐르는 물통에 한눈을 팔지도 않았다. 가축들이 모두 울타리 안에 무사히 들어가고, 양치기들이 천장이 낮은 방에 놓인 탁자에 앉기 전까지는 조금도 한눈을 팔지 않았다. 이 모든 것을 확인한 후에야 개들은 보금자리로 돌아가, 허겁지겁 물을 마셨다. 그리고 다른 동물들에게 산 위에서 겪었던 일들을 들려주었다. 늑대가 살고 이슬방울이 맺힌 커다란 보라색 디기탈리스가 피어 있는 먼 곳의 이야기를.

보케르의 역마차

나는 보케르에서 마차를 타고 이 방앗간에 왔다. 아주 오래된 시골 역마차였는데, 먼 길이 아닌데도 마차가 어찌나 흔들리는지 저녁 무렵이 되자 오랫동안 마차를 탄 것 같이 피곤해졌다. 마부를 제외하고는 다섯 명이 타고 있었다.

　먼저, 카마르그에서 온 땅딸막하고 털이 덥수룩한 경비원이 있었다. 커다란 눈에 핏발이 서 있고 귀에 은 귀걸이를 한, 야수의 냄새를 풍기는 사람이었다. 다른 두 사내는 보케르에서 온 사람들로, 빵집 주인과 제빵사였다. 그들은 직업과 잘 어울리게 체구가 건장하고 숨을 씩씩거렸는데 옆모습은 로마황제처럼 잘생겼다. 마지막 손님은 사람이 아니라 모자를 뒤집어쓰고 있어서 모자가 앉아 있는 것 같았다. 그것은 엄청 큰 토끼가죽으로 만든 모자였다. 마지막 손님은 거의 아무 말도 하지 않은 채 슬픈 표정으로 창밖을 내다보았다.

그들은 서로 잘 아는 사이였는지 큰 목소리로 거침없이 자신들의 사정에 대해 떠들어 댔다. 카마르그에서 온 남자는 쇠스랑으로 양치기를 때려서 판사의 출두 명령을 받고 님 시에서 오는 길이라고 말했다. 카마르그 사람은 꽤나 다혈질이었다. 보케르 출신 남자들에 대해 말하자면, 그들은 성모 마리아를 두고 서로 잡아먹을 듯 싸워 댔다. 빵집 주인은 아기 예수를 안은 성모상을 섬기는 프로방스 교구에 속하는 모양이었다. 한편, 제빵사는 무원죄 잉태설(성모 마리아가 잉태를 한 순간 원죄가 사해졌다고 믿음-옮긴이)을 신봉하는 새로 생긴 교회의 신도였다. 그 교회에서는 성모 마리아가 두 팔을 벌리고 손에서 빛을 내뿜는 성상을 섬겼다. 그들이 서로를 어떻게 대하는지, 성모 마리아를 어떻게 모시는지 당신이 보았어야 하는데.

"네들이 말하는 '동정녀'는 예쁜 아가씨일 뿐이야."

"당신네 성모는 도대체 어디 쓸 데나 있냐!"

"네들의 마리아는 팔레스타인에서 재미 좀 봤을걸!"

"네가 모시는 어린 깍쟁이는 어떻고! 그 여자가 무슨 짓을 했는지 누가 알아. 성 요셉만이 아실걸."

나폴리 항구에라도 있는 줄 착각할 정도였다. 사실, 이 신앙 논쟁에 대해 결론을 내리려면 칼부림이라도 일어났을 것이다. 마차꾼이 참견만 안 했다면.

"이제 그만들 좀 하시죠. 마리아 얘기 좀 그만해요!"

마부가 보케르 사람들의 말싸움을 가볍게 넘기려고, 웃으면서 말했다.

"이건 아낙네들 일이지, 남자들이 참견할 일이 아니에요."

마부가 채찍을 휘둘러 대면서 무신론자처럼 이야기하자 남자들은 그 바람에 입을 다물었다.

이내 말싸움이 잠잠해졌다. 하지만 빵집 주인은 말싸움을 계속하고 싶어서 입이 근질거리자 불쌍하게 구석에서 시큰둥하게 모자를 뒤집어 쓴 사람에게 몸을 돌리더니, 나지막하게 말했다.

"이봐, 칼 가는 양반, 당신 마누라는 어떤가? 당신 마누라는 어느 교구에 속하지?"

마치 웃음거리라도 만들어내려고 하는 말처럼 들렸는

지, 마차 안의 사람들이 일제히 웃음을 터뜨렸다. 칼 가는 사람만 빼고… 그는 아무런 반응도 하지 않았다. 그러자 빵집 주인은 나를 돌아보며 말했다.

"당신은 이 사람 마누라를 모르지요? 정말 재미있는 여자랍니다. 보케르에서 그런 여자는 두 번 다시 없을걸요."

사람들은 더 큰 소리로 웃어 댔다. 그러나 칼 가는 사람은 꼼짝도 하지 않고 고개를 숙인 채 나지막하게 내뱉었다.

"닥쳐, 이 양반아."

하지만 빵집 주인은 아랑곳하지 않았다. 그는 열을 올리며 한 술 더 떠서 말했다.

"멍청이 같으니! 그런 마누라를 두고 불평하는 작자는 없을걸. 그 여자랑 있으면 한 순간도 지루할 틈이 없을 텐데! 생각 좀 해보시오! 반년마다 한 번씩 납치를 당할 만큼 정말 아름다운 여자예요, 진짜라니까. 돌아올 때마다 엄청난 얘깃거리를 갖고 돌아오지요. 거참 이상한 집구석이라니까. 결혼한 지 일 년도 안 돼서 초콜릿 장수랑 스페인으로 도망쳤다고요, 선생. 알겠어요?"

"남편은 그런 일이 벌어진 뒤에 뭔가에 홀린 사람처럼 매일 울면서 혼자 술을 퍼 마셨지요. 얼마 후에 그 여자

75

는 스페인 여인처럼 차려입고는 방울 달린 작은 북을 들고 나타났어요. 그래서 우린 모두 그 여자에게 충고를 해 줬지요. "도망쳐, 남편이 당신을 가만두지 않을걸." 하고요.

그 여자를 죽일 거라고…. 맞아요, 그렇게 말했다니까요. 그런데 그 부부는 사이좋게 화해했지 뭡니까. 심지어 여자는 남편에게 바스크 지방 사람처럼 북 치는 법을 가르쳐줬다니까요."

마차 안에서는 다시 웃음이 터졌다. 칼 가는 남자는 꿈적도 하지 않고 중얼거렸다.

"조용히 해, 빵 장수."

빵집 주인은 들은 척도 않고 계속했다.

"당신은 그 예쁜 여자가 스페인에서 돌아온 뒤로는 얌전히 있었을 거라고 생각할 거요. 하지만 천만의 말씀! 남편이 너무 쉽게 받아들여주니 그 여자는 또 다시 그런 일을 저지를 수밖에 없었지요. 스페인 사람 다음에는 장교, 그다음에는 론 강의 뱃사람, 음악가… 이루 다 헤아릴 수 없을 지경이에요. 한 가지 분명한 건 이런 코미디가 똑같이 되풀이된다는 거죠. 여자가 도망치고 남편은 울부짖고, 여자가 돌아오면 남편은 또 괜찮아지고. 정말이라니까요. 그 사람은 오랫동안 정숙하지 못한 아내의 남편으로 고통받았어요. 하지만 정말이지 그 여자는 예쁘긴 했어요. 발랄하고 사랑스럽기 그지없는 왕비 같았지요. 무엇보다도 그 여자는 살결이 희고 남자들을 보면서 담갈색 눈으로 늘 생글거렸답니다. 하여튼, 당신이 보케르에 다시 들르거든 말이죠…."

"아, 제발 조용히 좀 해, 빵 장수."

불쌍한 칼 가는 남자는 언성을 높여 다시 말했다.

바로 그때 마차가 멈춰 섰다. 앙글로르 농장에 도착한 것이다. 이곳에서 보케르 출신 사내들은 내렸는데, 정말이지 그들이 어서 내렸으면 싶었다. 빵집 주인은 여기저기 많은 분란을 일으키는 인물이었다. 농장 마당에서도 그의 웃음소리가 들려왔다.

두 사람이 내리고 나자 마차 안은 텅 빈 것처럼 조용해졌다. 카마르그 사람은 아를르에서 내렸고 마부는 거기서부터 말을 끌고 걸어갔다. 칼 가는 남자와 나는 덩그러니 마차 안에 남아 말 한마디 없이 앉아 있었다. 날은 몹시 더웠다. 마차 덮개는 너무 뜨거워서 손을 댈 수 없었다. 나는 머리가 무거워지고 눈이 자꾸만 감겼다. 하지만 잠들 수 없었다. 나지막하게 "제발, 조용히 해!" 하고 애원하는 목소리가 머릿속에서 맴돌아 졸음이 깨곤 했다. 잠들지 못하는 건 불쌍한 양반도 마찬가지였다. 뒤편에서 그의 떡 벌어진 어깨가 흐느끼고 있었다. 창백한 그의 손이 노인 손처럼 떨리고 있었다. 울고 있었던 것이다….

"이제 다 왔습니다, 파리에서 온 손님!"

마부는 채찍 끝으로 초록빛 작은 언덕을 가리키며 말했다. 그곳에는 낙타 등에 올라앉은 커다란 나비 같은 풍차가 있었다.

나는 서둘러 마차에서 내렸다. 그러나 칼 가는 남자 옆을 지나면서 모자를 눌러쓴 그를 한 번 더 보고 싶었다. 불행한 그 남자는 내 속마음을 알아차리기라도 했는지, 고개를 홱 치켜들고는 나를 뚫어져라 바라보았다.

"나를 잘 봐두시오, 선생. 만약 어느 날 보케르에서 끔찍한 일이 일어났다는 소식을 듣게 된다면 누가 그랬는지 짐작이 갈 거요."

그는 작고 움푹한 눈에 슬픈 얼굴을 하고 있었다. 눈에는 눈물이 글썽거렸다. 그러나 목소리에는 증오가 가득 서려 있었다. 증오, 그것은 약한 자의 분노였다. 만일 내가 그의 아내였다면 정말 조심했으련만.

상기네르 등대

그날 밤 나는 한숨도 못 잤다. 거센 바람 소리에 아침까지 뜬 눈으로 밤을 새웠다. 방앗간 안의 모든 것이 삐걱거렸고, 돛배의 마룻줄처럼 바람이 휘 휘 불어서 부서진 날개가 흔들거렸고, 지붕 위의 기와들이 마구 날아가곤 했다. 언덕에는 빽빽한 소나무들이 어둠 속에서 이리저리 흔들리다가 멀리 내동댕이쳐졌다. 마치 바다 한가운데에 서 있는 것 같았다.

　그러자 나는 3년 전에 코르시카 섬 아자치오 만 연안이 내려다보이는 상기네르 등대에서 잠 못 이루던 날들이 떠올랐다.

그곳에서 나는 홀로 사색에 잠길 수 있는 멋진 장소를 알아냈다.

불그스름한 색조로 둘러싸인 야생의 섬을 상상해보라. 섬 한쪽의 곶에는 등대가, 다른 쪽에는 제노바풍의 탑이 있었다. 내가 그곳에서 지내는 동안 탑에는 독수리가 살고 있었다. 아래쪽 해안가에는 폐허가 된 검역소에 잡초가 우거져 있었다. 협곡과 작은 관목들, 커다란 바위, 야생 염소들이 있었고 코르시카 조랑말들이 갈기를 날리며 돌아다니고 있었다. 갈매기들이 빙빙 맴도는 가장 높은 꼭대기에는 등대가 서 있었다. 흰 벽돌로 된 등대 기단 위에는 등대지기들이 왔다 갔다 하면서 산책을 했고, 초록색 아치형 대문이 나 있었다. 무쇠로 만든 작은 탑 위에는 다면체로 둘러싸인 등이 햇빛을 반사해 낮에도 빛을 반짝이고 있었다. 맞다, 내가 잠 못 이루는 그날 밤 소나무들이 윙윙거리는 소리를 들으며 떠올린 것은 바로 이런 풍경이었다. 풍차 방앗간을 발견하기 전에는 황홀하기 그지없는 이 섬에 와서 시원한 공기를 마시며 고독을 즐기곤 했다.

그곳에서 지내는 동안 무엇을 했느냐고?

여기서 하는 일과 매우 비슷하거나 더 한가했다. 미스

트랄(겨울에 프랑스 남부에 불어오는 북서풍-옮긴이)이나 알프스 냉풍이 심하게 불어오지 않을 때는, 갈매기들과 검은새, 제비들에 둘러싸인 바위틈에 앉아 있곤 했다. 그곳에서 바다가 주는 감미로움과 압도감에 취해 거의 하루를 다 보내곤 했다. 당신의 영혼은 그토록 달콤하게 취해 본 적이 있는가? 아무런 생각도, 아무 상상도 하지 않은 채 온 존재가 몸 밖으로 빠져나와 밖으로 흩어지는 기분. 물속으로 날아드는 갈매기와 파도 사이를 떠도는 반짝이는 물방울, 수평선 위로 멀어져 가는 배에서 피어오르는 흰 연기, 빨간색 작은 보트, 여기저기 진주알처럼 튀기는 물방울, 안개, 당신이 아닌 그 모든 것이 되어 보는 것이다…. 아, 반은 깨어 있으면서 잠에 빠져들며 그 섬에서 얼마나 즐거운 시간을 보냈던가!

　바람이 쌩쌩 부는 날에는 바닷가에 서 있을 수가 없어서 검역소 마당에 발이 묶이곤 했다. 그곳은 아담하지만 쓸쓸함을 느끼게 하는 장소였는데, 낡은 벽을 등지고 자라난 로즈마리와 야생 쑥 냄새가 향긋했다. 그곳에서 나는 작은 바위 위로 내리쬐는 햇살을 따라 움직이며 오래된 무덤처럼 입을 벌린 돌로 된 작은 방에서, 휴식과 슬픔에 부드럽게 몸을 맡기곤 했다. 종종 문이 열리거나 풀밭 위로 뭔가가 움직이곤 했다. 한번은 염소가 바람을 피해 풀을 뜯어 먹으러 왔다. 염소는 나를 보더니 흠칫 놀라 멈춰 서서, 경계하듯 뿔을 치켜들고 어린아이 같은 눈으로 나를 바라보았다.

다섯 시쯤, 등대지기가 저녁을 먹으라고 확성기로 나를 불렀다. 나는 바다에서 가파르게 이어지는 관목을 따라 난 작은 길을 지나 천천히 등대로 돌아갔다. 발걸음을 뗄 때마다 물과 빛이 부풀어 오르는 것 같았다. 나는 그 광경을 뒤돌아보곤 했다,

맨 위쪽은 정말 멋진 곳이었다. 커다란 타일이 깔리고 떡갈나무 장식이 둘러진 예쁜 식당, 안에서 김을 모락모락 피우며 끓는 생선 스프, 하얀 테라스를 향해 활짝 열려 있는 창문, 모든 것이 뉘엿뉘엿 지는 햇살에 반짝이던 풍경이 아직도 눈에 선하다. 등대지기들은 식사 준비를 하고는 자리에 앉지도 않고 나를 기다리고 있었다. 그들은 모두 세 명이었는데, 한 명은 마르세유 출신이고 두 명은 코르시카 출신이었다. 그들은 모두 키가 작고, 턱수염을 길렀으며, 햇볕에 그을리고 피부가 갈라져 있었다. 염소 털로 만든 외투를 입고 있어서 모두 닮아 보였다. 하지만 성격이나 기질은 모두 딴판이었다.

그들의 행동만 봐도 두 지방의 차이를 금세 눈치 챌 수 있었다. 마르세유 사람은 부지런하고 활기가 넘쳤으며, 아

침부터 밤까지 잡초를 뽑고, 낚시를 하거나 갈매기 알을 모으는 등 늘 바쁘게 섬을 오가곤 했다. 관목 숲에 숨어서 기다렸다가 염소젖을 짜고, 언제나 마늘을 넣은 마요네즈나 생선 스프를 만들어 먹곤 했다.

반면 코르시카 사람들은 근무 외에는 손가락 하나 꼼짝하지 않았다. 그들은 스스로를 공무원이라고 생각하는지 하루 종일 부엌에서 카드놀이만 했다. 그들이 카드놀이를 멈추는 때라고는 파이프에 불을 붙이거나, 손 위에 놓인 커다란 푸른 담배 잎을 가위로 자를 때뿐이었다.

어쨌든 세 사람 모두 착하고 단순하며 솔직한 사나이들로, 언제나 손님인 나를 극진히 대해주었다. 물론 그들에게 나는 매우 이상한 사람처럼 보였을 테지만. 등대 같은 곳에 와서 틀어박혀 지내길 좋아하다니, 등대지기들은 꿈에도 생각지 못한 일일 것이다. 그들은 하루하루가 너무 길고 지루해서 육지로 나갈 차례가 되면 부쩍 즐거워하곤 했다. 날씨가 좋은 계절에는 이런 큰 위안이 한 달에 한 번씩 찾아오곤 했다. 30일을 등대에서 일하고 나면 열흘 동안 육지로 가서 쉬는 게 규칙이었다. 하지만 겨울에는 날씨가 험해서 규칙이 지켜지지 않았다. 바람이 거세게 불어와서 파도가 높이 치고, 상기네르는 온통 파도로 뒤덮였다. 등대지기들은 두세 달을 내리 쉬지도 못하고 끔찍한 날씨를 견뎌야 했다.

"내가 겪었던 일을 들려드리지요, 선생."

어느 날 바르톨리 영감이 밥을 먹다가 이야기했다.

"5년 전에 바로 이 식탁에서 일어난 일이랍니다. 오늘처럼 겨울 저녁이었어요. 그날 저녁에는 두 명뿐이었어요, 나와 체코라는 동료 등대지기였지요. 다른 사람들은 아프거나 휴가를 받아서 뭍으로 떠나고 없었어요, 우리는 꽤 배가 불러서 저녁 식사를 마치려고 했어요. 그런데 갑자기 체코가 밥을 먹다 말고 이상한 눈으로 나를 바라보더니 두 팔을 쭉 뻗고는 앞으로 쓰러졌지 뭡니까. 나는 달려가 체코를 흔들면서 이름을 불러 댔어요.

"이 봐, 체코. 이 봐, 체코!"

그런데 아무 대꾸도 없었어요. 죽은 거였지요! 그때 내 기분이 어땠는지 아시겠어요? 멍하니 시체 옆에서 한 시간 넘게 덜덜 떨었어요. 그러다 문득 '아, 등대!' 하는 생각이 스쳤어요. 나는 불을 밝히러 간신히 올라갔어요. 사방은 벌써 캄캄해져 있었지요.

그날 밤 파도소리와 바람소리는 여느 때 같지 않았어요. 계단 밑에서 계속 누군가가 나를 부르는 것만 같았지요. 미칠 것 같아서 입안이 바짝바짝 말랐어요. 하지만 다시 아래로 내려갈 수는 없었어요. 아, 정말이지! 시체가 무서워 죽을 것만 같았어요. 하지만 새벽녘이 되어 용기가 조금 생겨났어요. 내려가서 동료를 침대로 옮기고 이불을 덮어주고는 기도를 해주었어요. 그리고는 서둘러 긴급 신호를 보냈어요.

불행하게도 파도가 너무 거셌어요. 있는 힘을 다해 몇 번이고 소리를 쳤지만 아무도 오지 않았어요. 나는 불쌍한 친구 체코의 시신과 함께 혼자 남게 됐어요. 얼마나 더 기다려야 하는지도 모르고 말이지요. 배가 도착할 때까지 시체를 가까이 두고 있어야 했어요. 하지만 사흘쯤 지나자 더 이상 그럴 수 없었어요. 어떻게 하지? 시체를 밖으로 옮겨놔야 하나? 묻어야 하나? 그런데 바위가 너무나 거칠고 섬엔 까마귀들이 가득했어요. 기독교도를 그렇게 놔둔다는 건 부끄러운 일이었어요, 그래서 검역소 안의 방으로 옮기기로 했어요. 그 슬픈 일을 하느라 오후 내내 용기를 내야 했어요. 여기 좀 보세요, 지금도 나는 바람이 세차게 부는 오후만 되면 죽은 동료의 시체가 내 어깨 위에 있는 것 같은 기분이 들지 뭡니까…"

가엾은 바르톨리 영감! 그때 일을 떠올리는 것만으로도 영감은 이마에 식은땀을 흘리는 것이었다.

그렇게 우리는 저녁을 먹으면서 긴 이야기를 나누곤 했다. 등대와 바다, 난파선과 코르시카 섬 주변의 해적에 대한 이야기를. 그러다가 날이 어두워지면 첫 당번인 등대지기가 등에 불을 켜고 파이프와 술병, 상기네르 섬의 유일한 책인, 모서리가 붉고 두꺼운 《플루타르크 영웅전》을 들고 나와서 까마득한 곳으로 걸어갔다. 잠시 후에 사슬과 도르래, 무거운 태엽 장치를 끌어올리는 소리가 들려왔다.

나는 밖으로 나가 테라스에 자리를 잡았다. 해는 이미 기울어서 하늘을 온통 노을빛으로 물들이고 수평선 너머로 재빨리 지고 있었다. 바람이 서늘해졌고 섬은 보랏빛으로 물들었다. 하늘에서 커다란 새가 천천히 날아와 내 옆을 스쳐 지나갔다. 제노바풍 탑에 사는 독수리가 둥지로 돌아가는 길이었다. 차츰 바다 안개가 피어올랐다. 곧 섬 주변은 흰 안개에 둘러싸여 아무것도 보이지 않았다. 갑자기 등대에서 밝은 빛이 내 머리 위로 지나갔다. 또렷한 불빛이 섬 전체를 어둠 속에 남긴 채 멀리 바다 위를 비추었다. 어둠 속에서 불빛이 간간이 내 머리 위를 쓸고 가듯 지나가자 눈앞에 아무것도 보이지 않았다. 바람은 다시 서늘해졌다. 그만 안으로 들어가야 했다. 나는 손을 더듬어서 커다란 문을 찾아 쇠로 된 빗장을 잠그고는 삐걱거리고 흔들대는 계단을 더듬더듬 올라 등대 꼭대기에 올라갔다. 그곳은 온통 빛이 충만했다.

심지가 여섯 줄로 늘어선 어마어마한 카르셀 등(프랑스 시계공이 발명한 기계장치로 된 램프-옮긴이)을 상상해보라. 등 주위로 돔형 채광창 칸막이들이 천천히 도는데, 어떤 칸막이는 커다란 수정 렌즈로 되어 있고 다른 것은 바람에 불꽃이 꺼지지 않도록 고정된 유리판을 향해 열려 있었다. 안으로 들어서자 눈이 부셨다. 구리, 주석, 하얀 금속으로 된 반사판들, 푸르스름한 커다란 원을 그리며 도는 오목한 유리 벽, 빛이 내뿜는 그 모든 어른거림에 나는 잠깐 아찔해졌다.

하지만 곧 모든 것이 눈에 들어왔다. 나는 졸음에서 깨려고 등불 밑에서 《플루타르크 영웅전》을 소리 내어 읽고 있는 등대지기 옆에 편안히 앉았다.

바깥은 온통 칠흑같이 어두웠다. 빙 둘러진 작은 발코니에서는 바람이 미친 듯이 울부짖어 댔다. 등대 안은 삐걱거렸고 바다에는 파도가 휘몰아쳤다. 섬 끝에서는 모래톱으로 달려드는 파도가 대포 소리처럼 울려 퍼졌다. 때때로 보이지 않는 손가락이 창문을 톡톡 두드렸다. 그것은 밤의 새들이었는데, 빛에 이끌려 날아와서 유리창에 대고 머리를 부딪치는 소리였다.

반짝거리는 뜨거운 등 안에서는 기름방울이 떨어지면서 불꽃이 튀는 것 외에는 아무 소리도 들리지 않았다.

쇠사슬은 풀려서 피레우스 항구의 데메트리우스(아테네의 통치자-옮긴이)의 단조로운 생활을 읊조리고 있었다.

　한밤중에 등대지기는 일어서서 마지막으로 심지를 한 번 살펴보았다. 그리고 우리 둘은 아래로 내려왔다. 우리는 눈을 비비며 올라오는 두 번째 보초 당번과 마주쳤다. 우리는 그에게 물병과 《플루타르크 영웅전》을 건네주었다. 그러고 나서 일을 마치기 전에 잠깐 무거운 쇠사슬과, 금속 탱크와 동아줄이 가득한 안쪽 방으로 갔다. 등대지기는 손에 든 작은 등 불빛으로 언제나 마지막 칸이 비어 있는 커다란 등대일지에 이렇게 썼다.

　자정. 높은 파도. 폭풍우. 바다 위에 배가 떠 있음.

교황의 노새

프로방스 사람들은 분노에 찬 난폭한 사람을 가리킬 때 이렇게 말하곤 했다.

"그 사람을 조심해! 몇 년 동안 발길질을 참아온 교황의 노새 같은 사람이라고."

나는 오랫동안 그 말이 어디에서 왔는지, 교황의 노새와 몇 년 동안의 발길질이 무슨 뜻인지 몹시 궁금했다. 하지만 프로방스 지방에 내려오는 전설을 손바닥처럼 잘 아는 피리 부는 영감 프랑세 마마이조차 그 영문을 알지 못했다. 프랑세 영감은 나처럼 오래전부터 내려온 아비뇽의 전설에서 온 것이라고 생각했을 뿐, 달리 들은 말이 없었다.

프랑세 영감은 실실 웃으며 내게 말했다.

"그 내막이 궁금하면 매미 도서관에서는 찾아볼 수 있을 걸세."

나는 그게 좋겠다고 생각했다. 매미 도서관은 집에서 아주 가까웠기에 일주일 동안 그곳에서 틀어박혀 있기로 했다.

도서관은 놀라운 곳이었다. 장서가 가득했고, 시인들은 밤낮 없이 이용할 수 있었으며, 언제나 작은 매미들이 노래하는 곳이었다. 나는 그곳에서 정말 기쁘게 일주일쯤을 보냈다. 배를 깔고 드러누워 조사를 거친 후에 마침내 노새와 유명한 7년 동안의 원한에 얽힌 유래를 찾아낼 수 있었다. 그 이야기는 소박하지만 매혹적이었다. 어제 말린 라벤더처럼 사랑스런 향기를 풍기는, 아가씨의 긴 머리카락이 책갈피로 꽂힌 책에서 읽은 내용을 당신에게 들려주려 한다.

교황 시대의 아비뇽을 본 적이 없다면 결코 아비뇽을 안다고 말할 수 없을 것이다. 흥과 활력이 넘치고 매일매일 잔치가 벌어지는, 다른 데서는 찾아볼 수 없는 도시였다. 아침부터 밤까지 기도 행렬과 순례자의 행렬이 이어졌다. 거리 위에는 꽃잎이 흩날리고, 태피스트리(여러 가지 색실로 그림을 짜넣은 직물-옮긴이)가 높이 걸려 있으며, 론 지방에서 추기경이 찾아왔다. 장식용 깃발이 나부끼고, 구경꾼들은 깃발을 휘날리며, 광장에서는 교황의 병사들이 라틴어로 찬송을 부르고, 수도사들이 성금을 모으느라 분주하게 움직였다. 아주 큰 저택에서부터 작은 집에 이르기까지, 웅장한 교황의 궁전 주변에는 집집마다 사람들이 벌집 주변의 꿀벌들처럼 북적여 댔다. 레이스 직조기 바늘이 째깍거리는 소리, 베틀 북이 사제들의 제의(미사 때 사제가 입는, 양옆이 터진 큰 옷-옮긴이)에 금실을 수놓으며 빠르게 왔다 갔다 하는 소리, 미사에 쓰는 물병에 조각을 새기는 세공사들의 망치질 소리, 현악기 제조업자가 집에서 음향판을 조정하는 소리, 베틀 짜는 여인들의 찬송가 소리가 들려왔다. 게다가 종 치는 소리와 아래쪽 다리 주변에서 북 치는 소리까지 온갖 소리가 끊이지 않았다. 프로방스에서는 기쁠 때면 흥이 다할 때까지 춤을 추고 또 추었다. 그런 후에도 또 춤을 추곤 했다.

파랑돌 춤을 추기에 길거리가 너무 좁으면 피리 부는 사람과 북 치는 사람들은 론 강의 아비뇽 다리 위에 자리를 잡고 시원한 바람이 부는 곳에서 밤낮 없이 춤을 추곤 했다. 아, 얼마나 행복한 시절이었던가, 얼마나 행복한 마을이었던가! 창으로 사람을 찔러 죽이는 일도 없었고, 감옥은 포도주 저장고로 쓰일 뿐이었다. 기근도, 전쟁도 없었다…. 교황령 시대의 교황은 그토록 태평성대하게 백성을 다스렸고 모두가 그 시절을 그리워했다.

그중에서도 특히 보니파스 교황은 덕망이 높고 나이가 지긋했다. 아, 그분이 세상을 떠났을 때 아비뇽 사람들은 얼마나 많은 눈물을 흘렸던가. 그분은 정말 사랑스럽고 유쾌한 분이었다. 그분은 노새를 타고 가면서 사람들과 함께 웃곤 했다. 꼭두서니(물감의 원료로 쓰이는 식물 이름-옮긴이) 염료를 모으러 다니는 천한 사람이든, 마을의 굉장한 치안판사든 교황에게 다가가면 사려 깊게 축복을 빌어주었다. 진정한 교황이었고, 즐겁게 웃었으며 모자에 꽃박하를 꽂고 아낙네에게는 손톱만큼도 관심이 없었다…. 이 선한 아버지의 유일한 기쁨이라고는 아비뇽에서 멀지 않은 뇌프 성의 도금양나무 숲 속에 있는, 자신이 직접 가꾸는 포도밭뿐이었다.

매주 일요일이면 동이 튼 후에 품위 넘치는 이 어른은 포도밭에 온갖 정성을 쏟았다. 추기경들은 맑은 날 햇볕을 쬐며 포도밭 밑에서 노새 곁에 앉아 다리를 쭉 뻗고 둘러앉았다. 교황은 샤토뇌프 뒤 파프 시대(14세기 교황이 아비뇽에 체류하면서 종교의식에 쓰이는 포도주의 품질이 좋아졌는데 이 시기를 말함-옮긴이) 이래로 루비색을 지닌 고급 포도주라고 알려진 술이 든 병을 따서 애지중지하는 포도밭을 바라보며 포도주 맛을 음미하곤 했다. 이윽고 술병이 비고 낮 동안의 볕이 사라지면 교황은 흥에 겨워 사제단을 데리고 마을로 돌아갔다. 교황이 드럼과 파랑돌 음악 속에서 아비뇽 다리를 건너갈 때면, 그분이 탄 노새는 음악 소리에 맞춰 천천히 흥겹게 걸었고, 교황은 비레타(추기경이 쓰는 사각 모자-옮긴이)를 흔들며 덩실거렸다. 그 광경을 본 추기경들은 놀랐지만 사람들은 대수롭지 않아 하며 즐겁게 말했다.

"와, 정말 멋진 군주님이셔! 정말 훌륭하신 교황님이야!"

교황이 샤토뇌프 포도밭 다음으로 아끼는 것은 노새였다. 교황은 이 동물을 너무나 끔찍이 여겼다. 매일 밤, 잠자리에 들기 전에 교황은 마구간 문이 잘 닫혀 있는지, 노새가 먹을 여물은 충분한지 살펴보곤 했다. 그때마다 교황은 자기 눈으로 직접 보는 가운데 설탕과 허브, 양념을 넣어 만든 프랑스식 포도주가 담긴 큰 잔을 들고 가곤 했다. 교황은 추기경들의 잔소리에도 아랑곳하지 않고, 몸소 잔을 들고 노새를 찾아갔다. 분명 노새는 그런 극진한 대접이 아깝지 않았다. 잘생기고 검붉은 색을 띤 이 노새는 발을 단단히 딛고 있었으며 털에는 윤기가 돌았고, 엉덩이는 둥글고 살이 풍만했다. 늘씬한 머리에는 방울과 은종, 리본을 달고 있었다. 노새는 또 천사처럼 사랑스럽고 순박한 눈망울을 지녔는데, 늘 잡아당긴 듯한 긴 귀로 인해 아이처럼 순진해 보였다. 아비뇽 사람들은 이 노새를 사랑했다. 길거리를 지나갈 때면 모두가 바라보며 난리법석을 피웠다. 왜냐하면 그렇게 해야 교황에게 가장 총애를 얻을 수 있다는 걸 모두가 알고 있었기 때문이다. 몹시 순진하게도 노새는 많은 사람들에게 행운을 가져다주었는데, 그 예로는 티스테 베덴느가 있었다.

티스테 베덴느는 사실 못된 짓만 일삼는 말썽쟁이였다. 유명한 금세공 기술자였던 그의 아버지 기 베덴느마저 티스테를 집에서 쫓아내고 말았다. 그가 혼자 빈둥거리기만 할 뿐만 아니라 다른 견습공도 꾀어내어 일을 못하게 했기 때문이다. 티스테는 반년 동안 아비뇽의 모든 수상쩍은 곳에 모습을 드러내곤 했다. 그는 주로 교황청 근처에서 어슬렁거리곤 했다. 아무짝에도 쓸모없는 이 녀석은 노새에게 뭔가 특별한 마음을 품고 있었는데, 아시다시피 그것은 못된 것이 분명했다⋯. 어느 날, 교황이 성벽 밑으로 노새를 타고 가는데 티스테가 존경을 표하는 것처럼 손뼉을 치면서 따라가 말을 걸었다.

"아, 교황님. 정말 멋진 노새를 가지셨습니다! 제 눈으로 자세히 좀 볼 수 있을까요? 아, 정말 아름다운 노새군요. 독일 황제도 이런 노새는 갖지 못했을 겁니다."

티스테는 노새를 쓰다듬으면서 젊은 여인에게 하듯 상냥하게 말했다.

"이리 오렴, 보석처럼 소중하고 아름다운 노새야."

마음이 따뜻한 교황은 진실로 감동하여 속으로 생각했다.

'참 착하고 좋은 청년이로군! 어쩜 저렇게도 내 노새에게 친절할까!'

그다음에 무슨 일이 벌어졌는지 아는가? 바로 이튿날, 티스테 베덴느는 낡은 노란색 코트를 벗어던지고 아름다운 성직자 옷으로 갈아입었다. 어깨에는 보랏빛 망토를 걸치고, 버클이 달린 신발을 신었다. 교황의 성가대에 들어간 것이다. 성가대는 원래 귀족의 아들이나 추기경의 조카만 들어갈 수 있었다. 이렇게 해서 티스테의 계략이 통했다. 하지만 그의 욕심에는 끝이 없었다.

한번 교황에게 극진한 대접을 받고 나자, 원숭이처럼 교활한 이 녀석은 전에 했던 속임수를 똑같이 써먹었다. 녀석은 노새 외에는 누구에게든 건방지게 굴었고, 상냥하게 대하기는커녕 무례하기 짝이 없었다. 또 궁궐 정원을 드나들며 귀리나 풀더미를 들고서 교황의 발코니를 쳐다보며 분홍색 다발을 살살 흔들어 댔다. 마치 "이 사랑스러운 음식을 누구에게 줄까요?" 하는 것 같았다.

마침내 착한 교황은 새삼 자신이 노쇠했음을 깨닫고는 마구간을 돌보고 노새에게 포도주를 가져다주는 일을 다름 아닌 티스테 베덴느에게 맡겼다. 교황의 결정에 추기경들은 불평을 했다.

한편 노새는 그런 일로 눈 하나 깜짝하지 않았다. 노새가 포도주를 마실 시간이 되면 성가대 대원 네댓 명이 레이스 달린 옷을 입고 망토를 걸친 채 마구간 안으로 들어왔다. 곧 따뜻하고 달콤한 카라멜 향과 허브향이 마구간 안에 진동했고, 티스테 베덴느가 조심스럽게 포도주 그릇을 들고 오곤 했다. 그리고는 노새의 수난이 시작되었다.

노새가 그토록 좋아하는 이 향기로운 술을, 노새의 몸을 따뜻하게 해주고 구름 위를 걷듯 가볍게 해주는 포도주를, 티스테는 바로 노새의 코 밑에다 갖다 주었다. 그런 다음, 노새가 코를 벌렁거리며 콧구멍 안을 온통 포도주로 적시자마자 그릇을 잽싸게 채갔다. 잠시 후 아름다운 선홍빛 포도주는 티스테 일당의 목구멍 속으로 사라져 버렸다…. 노새의 포도주를 훔쳐 먹는 것에서 그쳤으면 좋았으련만 티스테 일당은 못된 일을 더 많이 저질렀다. 악마처럼 못되게 굴었던 것이다. 한 놈은 노새의 귀를 잡아당기고, 다른 놈은 꼬리를 잡아당겼다. 키케는 노새 등에 올라탔고, 벨뤼게는 자기 모자를 노새에게 씌우려고 했다. 그러나 티스테 일당 중에는 누구도 노새가 허리를 흔들어 뒷발로 차면 모두를 하늘나라로 보낼 수 있다는 사실을 깨닫지 못했다. 물론 노새가 그럴 리도 없었다! 교황의 노새는 흔하디흔한 노새나 아니었다. 축복과 은총의 노새였던 것이다. 티스테 일당은 아주 못되게 굴었지만, 노새는 결코 화를 내지 않았다. 그러나 노새가 속으로 가장 싫어한 것은 티스테 베텐느였다. 티스테가 뒤에 있는 것 같은 기분이 들면 노새는 발굽이 근질근질했다. 악랄한 불한당 티스테는 노새에게 끔찍한 장난을 쳤다. 술에 취한 티스테는 아주 잔인한 생각이 떠올랐다.

어느 날 티스테는 궁궐 첨탑에 있는 성가대 종탑까지 노새를 타고 가기로 작정했다. 하지만 그 일을 정말 행동으로 옮길지 누가 알았겠는가! 20만 명이나 되는 프로방스 사람들이 모두 그 광경을 지켜보았지 뭔가! 불행한 노새가 얼마나 무서워했을지 상상해보라. 셀 수도 없이 높은 나선형 계단을 올라가자 눈부시게 반짝이는 꼭대기가 나타났다. 발 밑으로 휘황찬란한 아비뇽 도시 전체가 한 눈에 들어왔다! 시장의 가게들이 개암나무 열매보다 조그만해 보였고, 막사 앞에 있는 호위병들이 개미만큼 작아 보였으며, 은색 실 같은 강의 조그마한 다리 위에서는 사람들이 춤추고 있었다. 아, 불쌍한 노새! 얼마나 심장이 떨렸을까! 노새의 비명소리가 얼마나 컸던지 궁궐 창문이 덜컹거리기까지 했다.

"무슨 일이냐? 노새에게 무슨 일이 일어난 거냐?"

교황은 발코니로 뛰어나오며 외쳤다.

이미 안마당에 와 있던 티스테 베덴느는 머리를 쥐어뜯으며 우는 척했다.

"아, 교황님. 그게… 그게, 노새가 말입니다! 이게 어찌된 일일까요? 교황님의 노새가 종루까지 올라갔지 뭡니까."

"혼자서 말이냐?"

"예, 그럼요. 혼자서요. 저기 보세요. 저기요. 노새의 귀 끄트머리 두 개가 보이시지요? 여기서는 제비 한 쌍처럼 보입니다만…."

"하느님 맙소사!"

교황은 위를 올려다보며 이렇게 말했다.

"노새가 미친 게 틀림없구나! 아니면 자살하려고 한 거야. 진정해라, 불쌍한 노새야!"

저런, 노새라고 내려오고 싶지 않았을까? 하지만 어떻게? 계단을 올라가기는 쉬웠지만 내려오기란 너무나 어려운 일이었다. 계단을 내려오다가 다리가 몇 백 번 부러질지 모르는 일이었다. 불쌍한 노새는 괴로움에 휩싸였다. 현기증을 느낀 노새는 커다란 눈을 굴리며 종루 위를 서성이다가 티스테 베덴느를 떠올렸다.

"아, 이 못된 놈! 여기서 내려가기만 해봐라. 내일 아침엔 발로 확 차버릴 거야!"

티스테에게 복수할 생각이 들자 노새는 힘이 조금 솟았다. 그런 생각마저 하지 않았다면 노새는 견딜 수 없었을 것이다. 마침내 사람들은 노새를 끌어내렸다. 그러나 밧줄과 기중기, 들것을 가지고 온갖 애를 써야 했다. 교황의 노새는 얼마나 창피했는지 모른다. 거미줄에 걸린 파리처럼 그토록 높은 곳에 매달려 몸부림쳐야 했으니! 아비뇽의 거의 모든 사람이 그 광경을 구경했지 뭔가!

불행에 빠진 노새는 밤이 되어도 잠이 오지 않았다. 노새는 들것에서 여전히 빙빙 돌고 있고 마을 사람들이 그 꼴을 보고 비웃는 것만 같았다. 그리고 못된 티스테 베덴느를 내일 아침이면 아주 힘차게 발길질해버리겠다고 다짐했다. 아, 그 발길질은 얼마나 통쾌한 것일까! 멀리서도 자욱한 흙먼지가 보일 것이다. 그렇게 노새가 마구간에서 멋진 계획을 세우는데, 티스테는 무엇을 하고 있었을까? 티스테는 교황의 배를 타고 노래를 부르면서 론 강을 지나고 있었다. 젊은 귀족들이 이탈리아로 외교술과 예의범절을 배우러 가는데 그 무리에 낀 것이다. 물론 티스테는 귀족이 아니었다. 하지만 교황은 그가 노새를 돌보아주었고, 특히 노새를 구해주었기 때문에 그에게 상을 내려야 한다고 생각했다.

이튿날 노새는 몹시 실망했다.

"아, 그 녀석이 뭔가 눈치를 챈 모양이군!"

노새는 화가 치밀어 올라 방울을 흔들며 생각했다.

'하지만 괜찮아, 도망쳐야겠다면 도망쳐 봐. 돌아오면 네 녀석을 꼭 발로 차버릴 거야. 그때까지 발길질을 남겨둬야지!'

노새는 정말로 발길질을 아껴두었다.

티스테가 떠나자 노새는 예전의 생활로 돌아갔다. 키케나 벨뤼게가 마구간에 나타나지도 않았다. 포도주를 마시는 행복한 나날이 돌아왔다. 그와 함께 만족감과 느긋하고 긴 휴식, 아비뇽의 다리 위에서 가보트(프랑스식 춤)를 추는 날들이 되돌아왔다. 하지만 그 사건이 일어난 후로 마을 사람들은 노새에게 차갑게 대하는 것 같았다. 노새가 지나가면 사람들은 수군거렸고, 노인들은 고개를 내저었으며, 어린애들은 종탑을 가리키며 웃어 댔다. 그 착한 교황조차 예전만큼 노새를 자랑스러워하지 않았다. 일요일에 포도밭에서 돌아올 때면 노새 등에서 졸음이 쏟아져도 종탑 꼭대기에서 잠이 깰까 봐 꾹 참느라 애를 썼다! 노새는 이 모든 것을 알고 있었지만 아무 말 없이 참았다. 단, 사람들이 노새 앞에서 티스테 베덴느라는 이름을 부를 때만 빼고. 그럴 때면 노새는 귀를 찡그리고 길 위에 깔린 자갈돌을 쇠 굽으로 차면서 잠깐 회심의 미소를 짓곤 했다.

어느덧 7년이 지나 티스테 베덴느가 나폴리 궁궐에서 돌아왔다. 그곳에서의 기간이 끝난 것은 아니었지만 티스테는 아비뇽에서 교황의 수석 시종이 갑자기 죽었다는 소식을 듣고, 그 자리에 앉으면 좋을 것 같아서 후보가 될 생각으로 서둘러 돌아온 것이다.

교활한 티스테가 교황의 궁 안으로 들어섰지만 교황은 그를 거의 알아보지 못했다. 그동안 키도 크고 몸집도 많이 커진 탓이었다. 하기야 교황은 이제 너무 늙었고 안경이 없으면 잘 보이지도 않았다.

티스테 베덴느는 머뭇거리지 않았다.

"저런, 교황님. 저를 못 알아보시겠사옵니까? 접니다. 티스테 베덴느요."

"티스테 베덴느?"

"네, 저를 잘 아시지 않습니까. 한때 포도주를 노새에게 날라다주곤 했지요."

"오, 그래! 그렇지. 기억이 나는구나. 착하고 좋은 아이 였는데. 이번에는 무슨 일이냐?"

"아, 별일은 아닙니다. 교황님. 뭣 좀 여쭤보러 왔습니 다. …그런데 그 노새는 아직 잘 있습니까? 그렇다면 참 다행입니다. 제가 간청 드리려고 하는 것은 얼마 전에 겨 자 그릇을 드는 수석 시종이 죽었다고 들었는데, 그 자리 를 저에게 내려주십사 하는 것입니다만."

"수석 시종 자리에 너를 말이냐? 너는 너무 젊은데, 네 가 지금 몇 살이지?"

"스무 살 하고 두 달이옵니다. 교황님의 노새보다 꼭 다 섯 살 위이지요. 아, 정말 훌륭한 노새입니다! 그 노새를 이탈리아에서 얼마나 애타게 그리워했는지 모릅니다. 노 새를 한번 봐도 괜찮겠습니까?"

"물론이고말고, 얘야. 아직도 그 노새를 그토록 생각해 준다니, 네가 노새와 가까운 곳에서 지냈으면 좋겠구나."

몹시 감동한 선량한 교황은 말했다.

"오늘부터 너를 수석 시종 자리에 임명하겠다. 추기경 들이 반대하겠지만 어쩌겠니. 그런 일에는 이제 이골이나 있어. 내일 저녁기도가 끝나거든 나를 찾아오너라. 사제단 앞에서 너에게 휘장을 넘겨주겠다. 그런 다음에… 너를 노새에게 데려다주마. 포도밭에 갈 때 너도 함께 가자. 자, 그럼 가거라."

티스테 베덴느는 하늘을 날 것 같은 기분으로 궁궐을 빠져나왔다. 이튿날 의식 때를 얼마나 손꼽아 기다렸는지는 두말할 나위도 없었다. 그런데 궁궐 안에는 티스테보다 훨씬 더 그 시간을 손꼽아 기다리는 누군가가 있었다. 그렇다, 바로 노새였다. 티스테 베덴느가 돌아오는 순간부터 그 이튿날 저녁기도 시간까지, 이 무서운 짐승은 끝없이 여물을 먹으며 담벼락에 대고 발길질을 멈추지 않았다. 노새 역시 의식을 위해 자기만의 준비를 한 것이다.

이튿날, 저녁기도가 끝난 후에 티스테 베덴느는 궁궐 안마당에 나타났다. 성직자 대표와 붉은 복장을 한 추기경들, 검은 벨벳 옷을 입은 악마의 규문역(성인품에 올린 후보자 결정에 이의를 제기하는 소임을 지님-옮긴이), 조그만 주교관(주교의 모자)을 쓴 수녀원장, 성 아그리코 사원 이사들, 보랏빛 망토를 입은 성가대원들, 직책이 낮은 성직자들, 군복을 잘 차려입은 교황의 경호병들, 고행 수도승들, 비사교적인 모습의 방투 산 은자들, 방울을 들고 뒤따라오는 작은 성직자들이 있었다. 허리까지 벌거벗은, 스스로를 채찍질하는 고행자들, 판사 옷처럼 화사하게 차려입은 성구 관리인과 모든 사람들, 심지어 성수를 뿌리는 사람, 양초를 켜고 끄는 사람까지 단 한 명도 빠지지 않았다. 아, 정말 굉장한 취임식이었다! 종소리, 불꽃놀이, 찬란한 태양의 잔광, 밴드 소리와 저 아래 아비뇽 다리 위에서 끊임없이 춤 장단을 맞춰주는 광란조의 장구 소리….

티스테가 이 회중들 한복판에 나타났을 때, 잘생긴 그의 외모와 당당한 풍채를 보고 탄복하며 수군거리는 소리가 여기저기서 들려왔다. 그는 웅장한 프로방스인의 외모에, 아름답고 곱슬곱슬한 금발머리, 금세공업자인 아버지의 금속 절단 끝에 떨어진 황금 부스러기를 주워 붙인 것 같은 솜털 수염을 지니고 있었다. 잔느 여왕이 손끝으로 그의 금발 턱수염을 가지고 자주 놀았다는 소문이 돌았다. 티스테의 근엄함에는 영광스러운 면이 있었다. 그는 여왕들에게 사랑받는 남자에게 어울릴 만한 백치미와 매력적인 외모를 지니고 있었다. 그날 그는 조국에 대한 예의로 나폴리식의 의상을 입지 않고 프로방스식 분홍색으로 수를 놓은 윗옷에 카마르그 따오기 털 장식이 달린 모자를 썼다.

새로운 수석 시종으로 입장하자마자 그는 신사답게 고개를 숙여 인사하며 계단 쪽으로 향했다. 그곳에는 교황이 그에게 직위에 따른 휘장을 내리기 위해 기다리고 있었다. 수석 시종에게 내릴 휘장은 노란색 회양목으로 만든 숟가락과 짙은 황색 제복이었다. 노새는 마구를 갖추고 포도밭으로 가기 위해 계단 맨 밑에서 기다리고 있었다.

티스테는 노새 곁을 지나면서 활짝 웃어 보였다. 곁눈으로 교황이 보고 있는지 살펴보면서 노새 등을 다정하게 두세 번 토닥거려주려고 멈췄다. 그 순간 노새는 몸을 가누었다.

"옛다, 이 도적놈아! 내가 지난 7년이나 너를 위해 아껴 뒀던 거다!"

노새는 아주 세차게 티스테를 걷어찼다. 그로 인해 생긴 먼지가 멀리서도 보일 지경이었다. 남은 것이라곤 희뿌연 먼지 속에서 한 조각 따오기 깃털의 펄럭임뿐이었다.

노새의 발길질은 보통 그렇게 세지 않았다. 하지만 생각해보라. 그것은 교황의 노새였고, 7년이나 기다렸다는 것을! 성직자가 원한을 품었을 때 어떻게 되는지 이보다 더 좋은 본보기는 없을 것이다.

세미앙트호의
최후

우리는 지난밤에 북서풍에 떠밀려 코르시카 해안에 이르렀다. 나는 그곳에 대해 당신에게 아주 무서운 이야기를 들려주려고 한다. 나는 그 사건에 대해 우연히 자세하게 알게 되었는데 저녁을 먹으러 모인 그 지방 어부들에게 자주 듣곤 했다.

　한 2, 3년 전에 나는 일고여덟 명의 세관원들과 함께 사르디니아 해로 배를 타고 나갔다. 처음 배를 탄 사람에게는 힘든 항해였다! 3월 내내 단 하루도 맑은 날이 없었다. 바람은 끊임없이 우릴 향해 불어 닥쳤고, 바다는 결코 잠잠한 날이 없었다.

어느 날 저녁, 폭풍우가 몰려오기 전에 배를 타고 있을 때였다. 우리 배는 보니파치오 해협 어귀의 작은 섬들 한 가운데에 피난처를 발견했다. 그곳 풍경은 특별할 것은 없었다. 커다란 바위에는 새들이 빼곡하게 앉아 있었고, 콩 관목나무와 여기저기에 반쯤 흙에 파묻힌 썩은 나무 토막들이 있었다. 하지만 이 기분 나쁜 바위틈에서 파도에 흔들거리는 것이, 낡은 배 위의 반쯤 덮인 갑판실에서 편안하게 전망을 구경하는 것보다 훨씬 더 좋았다. 사실 우리는 섬을 보게 되어 반가웠다.

해안가에 도착하자마자 우리 일행은 불을 피우고 생선 스프를 끓였다. 선장이 안개에 가려진 섬의 가장 먼 곳에 있는 작은 광산의 하얀 일부를 가리키며 내게 말했다.

"묘지에 가겠소?"

"묘지라구요, 리오네티 선장님? 대체 여긴 어디인가요?"

"라베치 섬이오. 세미앙트 출신 600여 명이 바로 이곳에 묻혔지요…. 그들이 타고 있던 군함이 10년 전에 이곳에서 침몰했소. 불쌍한 사람들 같으니! 찾아오는 사람도 많지 않았소. 이곳에 있는 동안 우리가 할 수 있는 일이라곤 가서 그들을 배웅해주는 것뿐이오."

"물론이죠, 기꺼이 그래야죠. 선장님."

세미앙트호 선원들의 마지막 안식처는 말도 못할 만큼 처량하고 쓸쓸했다. 작고 낮은 담벼락과 녹슬어 좀처럼 열리지 않는 철문, 고요한 예배당, 잡초가 무성한 수백 개의 십자가들. 무구한 영광을 자랑하는 화환 하나 없고, 기념물 하나 없다니! 아, 불쌍하게 버려진 죽음들. 묻히고 싶지 않던 무덤 속에서 그들은 얼마나 추울까.

우리는 잠깐 그곳에 무릎을 꿇고 앉았다. 선장은 큰 소리로 기도했다. 그동안 묘지를 유일하게 지키던 갈매기들이 머리 위를 빙빙 돌며 구슬프게 울어 댔고, 그 소리는 바다에서 나는 파도소리와 대구를 이루었다.

기도가 끝나고, 우리는 슬픔에 휩싸인 채 터벅터벅 걸어서 배가 정박해 있는 곳으로 돌아왔다. 선원들은 잠깐의 시간도 낭비하지 않았다. 바위 틈에서 불빛이 이글거리고, 냄비에는 김이 모락모락 올라오고 있었다. 우리는 모두 불가에 둘러앉아서 발을 말렸다. 잠시 후 사람들이 스프가 가득 든 적갈색 그릇을 무릎 위에 놓고 호밀빵 두 조각을 스프에 찍어 먹었다. 모두들 조용한 가운데 식사를 했다. 어쨌든 모두가 흠뻑 젖었고, 배는 고프고, 묘지와 가까운 곳에 있었던 것이다. 그릇을 다 비우고 나서 우리는 파이프에 불을 피우고 세미앙트호에 대해 말을 꺼냈다.

"그런데 어떻게 그런 일이 일어났나요?"

나는 두 손에 얼굴을 묻고 골똘히 불꽃을 바라보는 선장에게 물었다.

"어떻게 배가 가라앉았냐고요?"

리오네티 선장은 내 말을 되뇌더니 한숨을 쉬었다.

"선생, 아무도 살아남지 않아서 그건 대답해줄 수 없소. 우리가 아는 거라고는 세미앙트호가 크리미아로 가는 짐을 싣고 전날 밤에 궂은 날씨 속에서 툴롱항에서 출항했다는 것뿐이오. 나중에 날씨가 더 나빠져서 전에는 한 번도 본 적 없는 거센 비바람과 커다란 파도가 일었소. 아침이 되자, 바람은 잦아들었지만 바다는 여전히 미쳐 있는 것 같았소. 바다 위로 자욱한 안개가 내려앉았소. 한치 앞도 보이지 않았고. 그 안개가 얼마나 위험한지 선생은 믿을 수 없을 거요…. 그렇다고 해서 달라질 건 없지만. 그날 아침에 세미앙트호는 방향키를 잃어버린 게 분명하오. 위험하지 않은 안개란 없소. 선장이 여기까지 배를 끌고 왔을 리 없거든. 선장은 우리 모두가 알다시피 거칠고 노련한 뱃사람이었소. 그는 3년 동안 코르시카 섬의 해군기지에서 진두지휘했고, 이 근처 해안지방을 나만큼 잘 알고 있었지요. 그게 내가 아는 전부요."

"세미앙트호는 몇 시쯤에 침몰한 것 같은가요?"

"정오쯤이었을 거요, 선생. 맞소, 한낮이오. 하지만 세상에나, 바다에 안개가 끼면 한낮에도 칠흑 같은 밤이나 다름없소. 해안 세관원이 그날 11시 30분쯤에, 셔터를 닫으러 밖에 나갔을 때 다시 바람이 불어서 모자가 날아갔다고 했소. 바람에 온몸이 휘청거리자, 그는 바닷가에서 바람에 맞서며 네 발로 기어갔소. 세관원은 넉넉하지 못했고 모자는 비싼 물건이었다오. 그런데 세관원이 잠깐 고개를 들자 돛에 물기 하나 없이 라베치섬을 향해 떠밀려 가는 커다란 배를 보았소. 배가 너무 빨리 지나가서 미처 자세히 볼 여유도 없었소. 틀림없이 그 배는 세미앙트호였던 것 같은데, 30분 후에 이 섬의 양치기가 무슨 소리를 들었다고 했소…. 바로 그 양치기가 여기 있소, 선생. 그에게 직접 얘기를 들어보시오. 어이, 팔롱보! 놀라지 말고 와서 몸을 좀 녹이게."

그 남자는 조금 전부터 불가에서 서성이고 있었다. 그는 모자 달린 옷을 입고 우리 쪽으로 어슬렁어슬렁 걸어왔다. 나는 섬에 양치기가 있다는 것을 모르고 그가 뱃사람 중에 한 명이라고 생각했었다.

그는 문둥병에 걸린 노인이었는데, 제정신이 아니었고 괴혈병에 걸린 듯한 두터운 아랫입술은 바라보기에 흉측했다. 그는 우리가 하는 말을 잘 알아듣지 못했다. 노인은 아픈 입술을 긁으면서 그의 오두막집에서 그날 한낮에 무엇인가 바위에 꽝 하고 부딪치는 무서운 소리를 들었다고 말했다. 섬 전체가 온통 파도에 휩싸여 있었기에 그는 바로 문을 열고 나갈 수 없었다. 다음 날, 그는 문을 열고 나가서 바닷가에 쓰레기와 시체들이 마구 뒤덮여 있는 것을 보았다. 그는 너무 놀라 배가 있는 보니파치오에 도움을 청하러 달려갔다.

양치기는 이 모든 이야기를 들려주는 사이 피곤해져서 주저앉았고, 선장이 그 이야기를 이어갔다.

"그렇소, 선생. 이 불쌍한 노인이 경보를 울리러 왔소. 이 노인은 겁에 질린 나머지 거의 미칠 지경이었고, 그날 이후로 정상이 아니었소. 사실 그날의 재앙은 그럴 만했소. 600여 구의 시신이 바닷가에 나뭇조각, 돛천 조각과 함께 아무렇게나 나뒹굴고 있었소. 가엾은 세미앙트호…. 바다는 모든 것을 그토록 작게 산산조각 내 버렸소. 양치기 팔롱보는 오두막 주변에 울타리를 칠 나뭇조각 하나 찾지 못했소. 시신은 사실 전부 다쳐 있었는데, 소름끼치도록 심하게 훼손되어 있었소. 시신이 얼기설기 뒤엉켜 있는 걸 보니 정말 처참했소. 선장은 제복을 잘 갖춰 입었고, 사제는 목에 스톨(종교 의식 때 입는 긴 웃옷-옮긴이)을 두르고 있었소. 바위틈에서 수습 선원이 눈을 뜬 채

죽어 있었소. 여전히 살아 있는 것 같았소. 그건 운명이었소. 아무도 살아남지 못했다오."

여기까지 말하고 나서 선장은 다른 이야기를 꺼냈다.

"이 봐, 나르디. 불이 꺼지고 있어!"

선장은 소리쳤다.

나르디가 타르칠을 한 널빤지 두세 조각을 불에 던져넣자, 칙칙거리며 불길이 활활 타올랐다. 선장이 말을 이었다.

"이 이야기에서 가장 슬픈 일은 이거요…. 이 참사가 일어나기 전에 세미앙트호와 비슷한 코르베트함(소형함)이 크리미아로 향하던 길에 똑같이, 거의 같은 곳에서 난파를 당했소. 아무튼 그때는 갑판 위에 있던 뱃사람과 병사 스무 명 정도를 가까스로 구했소. 아시다시피 이 병사들의 불행은 끝나지 않았소. 우리는 그들을 보니파치오에 태워다 주었고 그들은 항구에서 우리와 이틀 동안 함께 지냈지요. 배가 완전히 마르고 다시 회복되었을 때, 우리는 그들에게 행운을 빌며 작별 인사를 했소. 그들은 툴롱으로 돌아갔는데, 그곳에서 나중에 또다시 크리미아로 항해를 떠났소. 그들이 어떤 배를 타고 갔는지는 그리 어렵지 않게 알 수 있었소. 맞소, 세미앙트호였다오. 바로 이곳에서 죽은 스무 명을 발견했소. 멋진 구레나룻 수염을 기른 잘생긴 여단장을 우리 집에서 묵게 했는데, 끊임없이 재미있는 이야기를 들려줘서 우리를 웃게 만들었소. 그 사람의 시신을 그곳에서 보자 가슴이 찢어질 듯 아팠소. 아, 성모 마리아님!"

리오네티 선장은 감정이 북받쳐서 파이프 재를 떨어뜨리고 내게 잘 자라고 말하고는 비틀거리며 오두막으로 걸어갔다. 선원들은 잠시 동안 서로 말을 주고받다가 한 사람씩 파이프 담배 불을 껐다. 더 이상 아무 소리도 들리지 않았다. 늙은 양치기는 가버리고 나는 홀로 남아서 잠든 뱃사람들 속에 앉아 생각에 잠겼다.

방금 전에 들은 끔찍한 이야기의 여운에서 덜 깨어난 나는 부서진 배와 갈매기들이나 보았을 고통스러운 사건에 얽힌 장면을 마음속에서 되살리려고 노력했다. 생생한 장면이 몇 개 떠올라서 모든 우여곡절을 이야기로 채울 수 있었다. 제복을 잘 차려입은 선장과 겉옷을 갖춰입은 사제, 스무 명의 병사들이 실려 있고, 밤중에 툴롱 항을 떠나는 소형함을 그려냈다. 소형함이 항구를 떠나자 파도가 솟구치고 바람이 미친 듯이 불었다. 그러나 선장은 용감하고 노련한 뱃사람이어서 배에 탄 사람들 모두가 안심했다.

아침이 되자 안개가 피어올랐다. 뭔지 모를 불안감이

번져 나갔다. 선원들이 모두 갑판 위에 서 있었다. 선장은 선미 갑판에 있었다. 병사들이 임시 숙소로 삼던 중간 갑판은 칠흑같이 컴컴하고 더웠다. 병사들 중 몇 명은 뱃멀미를 하고 있었다. 배가 무섭게 솟구쳐 올랐고, 그로 인해 서 있기가 힘들었다. 그들은 바닥에 옹기종기 모여 앉아서 작업대를 필사적으로 꼭 붙들었다. 그들은 서로가 들리도록 소리쳐 말해야 했다. 그중 몇 명은 두려워하기 시작했다. 그러니까 그 부근에서 난파를 당하는 건 흔한 일이었다. 병사들은 그것을 증명하기 위해 그곳에 있었고, 그런 사실은 조금도 위안이 되지 않았다. 특히 파리에서 온 여단장은 사람들에게 오싹한 농담을 던졌다.

"난파라! 거참, 얼마나 재미있어. 우리는 얼음물 목욕을 하고 나서, 검은새 요리가 올라와 있는 보니파치오의 리오네티 선장 집에 갈 거야."

병사들은 웃었다.

갑자기 엄청나게 크게 삐걱거리는 소리가 들려왔다.

"제길, 무슨 소리야? 무슨 일이지?"

"방금 방향키를 잃었어."라고 바닷물에 흠뻑 젖은 선원이 말했다. 그는 갑판 사이를 서둘러 이리저리 오가고 있었다.

"잘 가!"

지기 싫어하는 여단장이 소리쳤지만 이번에는 아무도 웃지 않았다.

갑판 위에서는 소란이 일었지만 모든 것이 안개에 가려져 있었다. 선원들이 겁에 질린 채 갑판 곳곳을 더듬으며 사방으로 흩어졌다. 방향키가 없어! 항로를 바꿀 수 없어…. 세미앙트호는 바람에 떠밀릴 수밖에 없었다. 세관원이 세미앙트호를 본 것은 바로 그때 11시 30분이었다. 배 앞에서 대포 소리 같은 것이 들렸다. 암초다! 암초다! 모든 게 끝장이었다. 희망이 없었고, 배도 병사들도 모두가 해안으로 떠밀려갔다. 선장은 선장실로 내려갔다…. 얼마 뒤 선장은 제복을 갖춰 입고 다시 뱃머리에 나타났다. 멋지게 죽음을 맞이하고 싶었던 것이다.

갑판 사이에서 병사들은 초조하게 아무 말 없이 눈빛을 주고받았다. 환자들은 모두 일어났다. 여단장조차 더 이상 웃지 않았다…. 그 순간 문이 열리고 사제가 스톨을 두른 채 입구에 나타났다.

"무릎을 꿇읍시다, 어린양들이여!"

모두가 사제의 말에 기꺼이 따랐고, 임종을 위해 기도하는 소리가 울려 퍼졌다.

갑자기 무서운 울음소리가, 엄청난 울음소리가 들려왔다. 그들은 손을 꼭 잡고, 놀란 얼굴로 죽음의 환영이 불빛처럼 스쳐지나가는 것을 보았다.

　불쌍해라!

　그날 밤을 나는 꼬박 그렇게 보냈다. 그 일이 일어난 지 10년 후에 당시의 일을 회상하면서, 우리를 둘러싸고 있는 불운했던 배의 영혼을 불러들였다. 멀리 부두에서는 여전히 폭풍이 몰아치고 있었다. 모닥 불빛은 바람에 휘둘렸고, 배는 무심히 바위 밑으로 흔들리며 끽끽 소리를 냈다.

두 주막집

7월 어느 날 오후 나는 님 시에서 돌아오는 길이었다. 견딜 수 없이 더운 날이었다. 하늘 전체를 채운 웅장하고 희미한 은색 태양 아래 올리브나무 숲과 조그만 떡갈나무 사이의 흰 도로는 지독히 더웠고 허연 먼지 구름이 일었다. 그늘 한 점 보이지 않았고, 바람 한 줄기도 불지 않았다. 뜨거운 공기가 일렁거렸고, 귀청이 떨어지도록 시끄러운 매미소리가 끊임없이 울려 퍼졌다. 그 소리는 마치 거대한 광선의 일렁임과 조화를 이루기라도 하는 것 같았다. 나는 두 시간 동안이나 이런 사막 한가운데를 걷고 있었다. 그때 갑자기 도로 위의 뿌연 먼지 속에서 하얀 집들이 나타났다. 그곳은 '성 뱅상 주막거리'라고 알려진 곳이었다. 기다란 붉은 지붕을 한 곳간이 딸린 대여섯 채의 농가로, 가느다란 무화과나무 사이에 빈 물통이 놓여 있었다. 마을 끝에는 두 채의 커다란 주막집이 서로 마주보고 있었다.

주막집 언저리에는 무언가 마음을 사로잡는 것이 있었다. 한편에는 커다란 새 건물이 있었는데 활기에 가득 차 떠들썩했다. 문마다 열려 있고, 그 앞에는 마차가 멈춰 있었는데 마차를 끌던 말은 고삐를 풀고 있었다. 마차에서 내린 사람들은 비좁은 담 그늘에서 조급하게 술을 한 잔씩 들이마셨다. 마당에는 노새와 마차들이 흩어져 있고 마차꾼들이 더위를 식히느라 별채 아래에 앉아 있었다. 안에서는 고함치고 욕설을 하며 주먹으로 탁자를 내리치는 소리와 쨍! 하고 잔을 부딪치는 소리, 당구공끼리 딱딱 맞는 소리, 레모네이드 음료수병 마개를 따는 소리와 그 모든 소란 속에서 창문을 흔들리게 할 정도로 크고 신이 난 목소리가 들려왔다.

사랑스러운 마고통,
날이 새자마자

작은 은주전자를 가지고

강으로 갔다네….

건너편 주막집은 인기척 하나 없고 완전히 폐허가 된 듯
했다. 출입문 밑에는 풀이 돋아났고, 덧문은 부서져 있으
며, 문에는 죽은 호랑가시나무 가지가 낡은 장식처럼 매달
려 있었다. 입구의 계단은 길에서 주워온 돌멩이로 고정되
어 있었다. 너무나 보잘것없고 초라해 보여서 술 한 잔 마
시러 오는 것조차 자선을 베푸는 일이 아닐 수 없었다.

안으로 들어서자 인기척 하나 없는 음산하고 긴 방이
있었는데, 커튼도 없는 커다란 창문 세 개 사이로 햇빛이
들어왔다. 그 풍경이 더욱 더 황량하고 우울해 보였다. 오
랫동안 버려져서 먼지가 내려앉은 유리잔이 일그러진 탁
자에 놓여 있었다. 부서진 당구대도 하나 있었는데 여섯
개의 구멍이 동냥 그릇처럼 나 있었다. 누렇게 변한 소파
와 낡은 카운터, 이런 것들이 무겁고 건강하지 못한 열기
속에서 잠자고 있었다.

그리고 파리들! 아이고 맙소사, 파리들! 나는 이렇게 많
은 파리 떼를 본 적이 없었다. 천장에도, 유리창에도, 유
리잔 안에도 어디에나 떼를 지어 있었다. 문을 열자 벌통
안에 들어온 것처럼 웅웅거리는 소리가 들렸다. 방 뒤쪽

의 밀창 앞에 한 여자가 서 있었다. 그 여자의 얼굴은 유리창에 붙어 있었는데 창문 너머로 멍한 표정을 짓고 있었다. 나는 그 여자를 두 번이나 불렀다.

"안녕하세요, 아주머니!"

여자는 천천히 고개를 돌려 내 쪽을 바라보았다. 그러자 가엾은 농부 아내의 얼굴이 드러났다. 주름지고, 갈라지고, 흙빛의 민얼굴에, 이 고장 노파들이 흔히 입는 갈색빛이 도는 긴 레이스 달린 옷을 입고 있었다. 하지만 그녀는 노파가 아니었다. 눈물로 완전히 메말라 보이는 것 같았다.

"무슨 일이신가요?"

그 여자는 눈물을 훔치며 물었다.

"앉아서 술 한 잔 하려고 하는데요."

그 여자는 무슨 말인지 의아한 것처럼 꼼짝도 하지 않고 나를 바라보았다.

"여긴 주막이 아닌가요?"

여자는 한숨을 내쉬었다.

"그렇죠, 주막이 맞긴 하지요. 하지만 다른 사람들처럼 길 건너편에 가지 않고요? 거기가 훨씬 더 시끌벅적한데…."

"거긴 내게는 너무 시끄러워서요. 여기가 더 좋습니다."

나는 그 여자의 대답을 기다릴 것도 없이 탁자 앞에 앉았다. 그 여자는 내가 진심인 것을 알고는 기분이 좋아져서 서랍을 열고, 병을 나르며, 유리잔을 닦고, 파리를 쫓느라 이리저리 부산하게 움직였다. 손님이 찾아오는 것이 무슨 사건이나 되는 것처럼 큰일인 듯했다. 이따금 가엾은 그 여자는 끝까지 해낼 자신을 잃은 것처럼 머리를 감싸 쥐었다.

그런 다음 그녀는 안쪽 방으로 사라졌다. 열쇠뭉치를 가져가 이리저리 흔들고, 빵 그릇을 뒤지고, 쓱쓱 접시의 먼지를 닦는 소리가 들렸다. 그리고 가끔씩… 커다란 한숨 소리와 흐느끼는 소리가 들려왔다. 한 15분쯤 그러고 나서 내 앞에는 건포도와 바위처럼 단단한 보케르 빵 한 덩어리, 싸구려 포도주 한 병이 나왔다.

"여기 있습니다."

이상한 여자는 이렇게 말하고 급히 창가 앞자리로 되돌아갔다.

나는 술을 마시면서 그 여자에게 말을 시켜보려 했다.

"여기엔 사람들이 자주 오지 않는가 보군요, 아주머니?"

"예, 안 와요, 아무도요. 이 근처에서 우리뿐일 때는 사정이 전혀 달랐어요. 일 년 내내 역마차를 갖고 있었고 검둥오리 사냥철이 되면 사냥꾼들에게 점심을 차려주었지요. 하지만 길 건너편에 가게가 문을 연 후로 우리는 모든 것을 잃었어요. 모두들 길 건너편 가게를 더 좋아했어요. 이곳은 너무나 쓸쓸해졌지요. 손님들은 이곳에 흥미를 잃었어요. 나는 아름답지도 않았고, 열병을 앓고 있었어요. 어린 두 딸들은 죽었지요…. 길 건너편은 사정이 딴판이라서 언제나 웃음꽃이 피었어요. 주막을 꾸리는 사람은 아를르 여잔데, 레이스가 잔뜩 달린 옷에 금목걸이를 세 개나 두른 미인이랍니다. 그 여자의 연인인 마차꾼은 마차 손님들을 그 집에 내려주었지요. 그 주막에는 달콤한 말을 잘하는 여자들이 많아요. 그래서 장사가 무척 잘됐고요! 브주스, 르데쌍, 종키에르의 젊은이들을 많이도 데려왔어요. 마차꾼은 그 여자네 집에 손님을 불러들이느라 먼 길을 돌아서 와요. 나는요, 하루 종일 이곳에서 가슴을 찢으면서 혼자 처박혀 있답니다."

그녀는 이 모든 이야기를 아무렇게나 공허하게, 여전히 이마를 창유리에 기댄 채 말했다. 분명 건너편 주막에는 그녀의 마음을 끄는 무엇인가가 있었다…. 갑자기 길 건너편이 시끌벅적해졌다. 마차가 흙먼지 속에서 움직이기 시작했다. 채찍을 휘두르는 소리가 들려왔다. 젊은 여자들이 문간에서 달려 나오며 소리쳤다.

"안녕히 가세요!"

"안녕!"

그 모든 시끄러움 속에서 가장 아름다운 목소리로 노래하는 소리가 들렸다.

> 작은 은주전자를 들고
> 강으로 갔다네
> 물가에서 보았네
> 세 명의 기수들을

그 목소리를 듣고는 여자는 온몸을 떨었다. 그녀는 내게 고개를 돌리고는 낮은 목소리로 말했다.

"저 목소리가 들리나요? 내 남편이랍니다. 저토록 아름다운 목소리를 가졌을 거라고는 생각지 못했지요?"

나는 너무도 놀라 여자를 바라보았다.

"뭐라고요? 당신 남편이라니요? 남편도 저곳으로 갔단 말인가요?"

그러자 변명하는 말투이긴 하지만 감정에 북받쳐 그녀가 말했다.

"별 수 없었다구요, 선생님. 남자들은 다 그렇답니다. 남자들은 눈물을 싫어해요. 하지만 나는 우리 딸들이 죽은 뒤로 상심해서 언제나 눈물을 흘렸지요. 게다가 사람 하나 오지 않는 이곳은 너무나 비참해졌어요. 자, 그러니까 그 사람은. 불쌍한 제 남편 조세는 완전히 지쳐버려서 건너편으로 술을 마시러 가기 시작했어요. 목소리가 좋으니까 아를르에서 온 여자는 저렇게 노래를 시켰어요. 쉿! 그 사람이 또 노래를 부르고 있어요."

여자는 몸을 떨면서 두 손을 앞으로 내밀고 굵은 눈물을 뚝뚝 흘리며, 한층 더 초라해 보이는 얼굴로 창가에 서서, 아를르 여자를 위해 노래하는 남편 조세의 노랫소리를 듣는 것이었다.

앞장선 사람이 인사하며 말했지요
당신은 정말 아름답군요, 아가씨.

세관 선원들

나는 라베치 섬으로 구슬픈 항해를 하고 있었다. 포르
토 베치오에서 출발한 에밀리호는 작고 낡은 세관선이었
다. 갑판이 배의 절반을 차지했고, 탁자와 벙크 두 개만
간신히 놓을 만큼 작았으며, 타르칠을 한 갑판실을 제외
하고는 바람과 파도, 비를 전혀 막아주지 못했다. 날씨가
거칠 때 선원들이 악천후에 맞서거나 할 수 있을지 궁금
할 정도였다. 선원들의 얼굴에는 빗물이 흐르고, 흠뻑 젖
은 웃옷에서는 김이 어른거렸다. 한겨울에 불쌍한 이들
은 심지어 밤에도 흠뻑 젖은 의자에 쭈그리고 앉아 건강

에 해롭게 추위 속에서 젖은 채 떨며 버텨야 했다. 배 위에서는 불을 지필 수 없었고 해안가로 다가가기도 힘들었다. 그런데 선원들은 아무도 불평을 하지 않았다. 그들은 몹시 궂은 날씨 속에서도 한결같이 침착했고 유머 감각을 잃지 않았다. 그렇다고 해도 이 선원들의 삶은 우울하고 애처로웠다.

그들은 바람에 방향을 바꿔가며 위험한 해안을 떠도느라 고향을 떠난 지 몇 달이 지났다. 영양실조에 걸리지 않기 위해 곰팡이 핀 빵과 생양파를 먹었다. 포도주나 고기는 한 번도 맛본 적이 없었다. 그것들은 비싼 음식이었고 그들이 일 년에 버는 돈은 고작 500프랑이었다. 그렇다, 일 년 동안 500프랑. 하지만 그들은 그런 것에 개의치 않았다. 그들은 모두 그럭저럭 만족하는 것 같았다.

갑판 후미에 뱃사람들이 마시도록 빗물을 가득 받아 놓은 물통이 있었다. 사람들은 물을 다 마시고는 "캬!" 하고 탄성을 내뱉곤 했다. 만족감을 표현하는 말이었다.

보니파치오에서 온 작고 몸이 떡 벌어진 사나이 팔롱보는 그들 중에서 가장 명랑하고 여유 만만했다. 그는 언제나, 심지어 날씨가 가장 나쁜 날에도 노래를 흥얼거렸다. 파도가 높이 치고 하늘이 먹구름으로 뒤덮이고, 우박이 쏟아졌다. 모두가 공기 냄새를 맡고 두 손으로 귀를 막으며 돌풍이 불어오지 않을까 온 신경을 기울이고 있었다. 심지어 갑판 위에서 모두가 근심에 싸여 숨죽이고 있을 때조차 팔롱보는 노래를 흥얼거리곤 했다.

아니에요,
그건 너무 과분해요
현명한 리제트는 안 가요
멀리 가지 않을 거예요….

바람이 휘몰아쳐 배가 덜컹거리고 흔들려도 세관원 사나이의 노래는 파도 꼭대기의 갈매기 울음소리처럼 끊이지 않았다. 때로는 바람 소리가 너무 거세서 노래 가사가 들리지 않았지만 쏟아지는 파도소리 사이로 노랫소리가 짤막하게 들려오곤 했다.

현명한 리제트는 안 가요
멀리 가지 않을 거예요

어느 날, 바람이 불고 비가 세차게 오는데 그의 노랫소리를 들을 수 없었다. 이런 일은 너무나 드물어서 나는 배의 창고 출입구에 몸을 드러내고 소리쳤다.

"어이! 팔롱보, 오늘은 노래를 부르지 않네?"

팔롱보는 대답을 하지 않았다. 그는 분명 의자 밑에 꼼짝도 않고 누워 있었다. 나는 그에게 다가갔다. 그는 이빨을 딱딱 부딪치며 온몸을 열병에 걸린 듯 떨고 있었다.

"늑막염에 걸렸어요."

그의 동료가 슬프게 말했다.

그것은 그들이 '늑막염'이라고 부르는 증상이었다. 나는 그보다 더 불쌍한 모습을 본 적이 없었다. 하늘의 구름은 무겁게 내려앉았고 배는 사방으로 부딪쳐 댔으며, 운이 나빠서 열이 나는 사나이는 물개 가죽처럼 낡은 코트로 온몸을 감싸고 있었다. 파도에 휩쓸려 쿵! 하고 움직이자 그의 병은 점점 더 심해졌다. 그는 정신을 잃었고 어떻게든 손을 써야 했다.

온갖 조취를 다 취해본 후 저녁이 되어서야 우리는 작고 고요한 항구에 배를 댔다. 그곳은 빙빙 도는 갈매기를 빼고는 쥐 죽은 듯 고요했다. 해안가는 가파르게 높이 솟은 바위들과, 지나다닐 수 없을 만큼 빽빽한 관목 덤불이 이상하리만치 푸른빛을 띠고 있었다. 아래쪽 바다 가까이에는 작고 흰 건물에 회색 덧문이 달린 세관소가 있었다. 다소 불길한 느낌이 드는 이 건물은 인적이 없는 썰렁한 곳에 군인 모자처럼 번호가 적혀 있었다. 우리는 비겁

한 일이긴 했지만 아픈 사람을 보호할 수 있는 곳이라 여기고 병든 팔롱보를 그 밑으로 옮겨 놓았다. 세관원이 불가에 앉아서 아내와 아이들과 식사를 하고 있었다. 모두가 아주 야위고 퀭한 눈으로 우리를 보는 것 같았다. 젊은 여자는 젖 먹는 아기를 안고서 떨면서 우리에게 말하곤 했다.

"정말 끔찍한 곳이에요."

감독관이 내게 속삭이듯 말했다.

"우리는 세관원을 2년마다 한 번씩 새로 뽑아야 해요. 말라리아가 그들을 모두 잡아먹었지요…."

어쨌든 의사를 불러와야 했다. 수십 킬로미터 떨어진 사르텐에나 가야 의사가 있었다. 우리가 무엇을 할 수 있단 말인가? 선원들은 더 이상 아무것도 할 수 없었다. 아이들 중 한 명을 보내기에도 너무 멀었다. 그때 건물 밖을 향해 여자가 누군가를 소리쳐 불렀다.

"세코, 세코!"

그러자 덩치가 크고 건장한, 코르시카 지방의 밀렵꾼이나 노상도적 같은 모습을 한 청년이 들어왔다. 나는 배에서 내리면서 그를 본 적이 있었다. 그는 붉은 파이프를 입에 물고 다리 사이에 장총을 들고 문 앞에 앉아 있었다. 우리가 가까이 가자 그는 달아났다. 왜 그랬는지 모르지만 아마 우리가 헌병을 데리고 왔다고 생각한 모양이었다. 그가 들어왔을 때 세관원의 아내는 얼굴을 붉혔다.

"제 사촌이에요. 코르시카의 관목 덤불 속에서 길을 잃는 일은 없을 거예요."

그녀는 말했다.

그런 다음 여자는 아픈 사람을 가리키며 그에게 뭐라고 중얼거렸다. 그 남자는 아무런 말도 없이 앞으로 몸을 숙였다. 그러고 나서 청년은 휘파람을 불어 개를 부르고, 어깨에 장총을 메고 바위 사이로 성큼성큼 멀어져갔다.

감독관을 보고 놀란 듯한 아이들은 밤과 염소젖으로 만든 치즈로 차린 저녁을 재빨리 먹어치웠다. 그런데 식탁 위에 마실 거라고는 물밖에 없었다. 아이들에게 포도주 한 모금이라도 마실 게 있었다면 얼마나 좋았을까. 아, 얼마나 불쌍한가! 얼마 후에, 아이들의 어머니는 아이들이 잠자리에 드는 것을 보았다. 그동안 세관원은 등불을 밝히고 해안가를 살펴보러 나갔다.

우리는 팔롱보를 돌보면서 난로 주위에 앉아 있었다. 팔롱보는 아직도 바다 위에서 파도에 휩쓸리듯 얇은 매트 위에서 몸을 이리저리 뒤척이고 있었다. 우리는 그의 늑막염 증세가 진정되도록 돌멩이 몇 개를 데워 그의 옆구리에 놓아두었다. 불쌍한 팔롱보는 한두 번 침대 가까이 다가가자 나를 알아보고 고맙다는 듯 안간힘을 쓰며 손을 내밀었다. 큼지막한 그의 손은 불가에서 꺼낸 벽돌처럼 뜨겁고 거칠었다.

　정말 보잘것없는 간호였다! 바깥은 해가 저물자 날씨가 다시 나빠졌다. 바위와 파도가 다시 싸움을 벌이는 것처럼 파도가 철썩이고, 휘몰아치다가, 거센 물결을 뿜어 올렸다. 때때로 바다에서 해안가로 돌풍이 불어와 집 안을 휘감았다. 갑자기 불꽃이 활활 피어올라 난롯가를 밝히자 선원들의 멍한 표정이 보였다. 그들은 드넓은 공간과 수평선에서 매일 똑같은 일과를 행하는 평온한 표정을 짓고 있었다. 이따금씩 팔롱보는 구슬프게 흐느꼈고, 선원들은 불쌍한 환자가 고향에서 멀리 떠나, 도움을 받지 못하고 죽어가는 가련한 곳을 바라보곤 했다. 그들이 숨 쉬는 소리와 한숨을 내쉬는 소리만 들려왔다. 팔롱보와 함께 일했던 선원들은 그렇게 불행을 받아들일 수밖에 없었다. 반란도, 파업도 하지 않았다. 한숨만, 단지 한숨만 내쉴 뿐이었다. 그렇다고 해도 나는 착각하고 있는 것 같았다. 그들 중 한 명이 난로에 나뭇조각을 넣으러 가면서 거의 나지막하게 속삭였다.

　"보셨지요, 선생. 우리 일을 하는 사람은 정말 고통스럽답니다."

마지막 수업

그날 아침, 나는 매우 늦게 학교로 출발했다. 아멜 선생님이 우리에게 분사형에 대해 물어보겠다고 하셔서 꾸중을 들을까 봐 걱정이었다. 나는 분사에 대해서는 하나도 몰랐다. 잠깐 동안 수업을 빼먹고 도망가서 하루를 보낼까 하는 생각이 들었다. 날씨는 더없이 포근하고 화창했다! 새들은 숲 가장자리에서 짹짹거렸고, 제재소 뒤편에 있는 탁 트인 벌판에서는 프러시아 군인들이 훈련을 받고 있었다. 이 모든 게 분사 규칙보다 훨씬 더 매혹적이었지만 나는 마음을 다잡고 서둘러 학교로 갔다.

면사무소 앞을 지나가는데 사람들이 게시판 앞에 모여 있었다. 지난 2년 동안 패전과 징발, 점령군 사령부의 명령 같은 나쁜 소식이라고는 모두 그 게시판에서 나왔다. 나는 선뜻 '또 무슨 일이 생긴 걸까?' 하는 생각이 스쳤다.

게시판 옆을 온힘을 다해 달려가는데, 견습공과 함께 게시판을 읽던 대장장이 와슈테르 씨가 나를 불러 세웠다.

"얘야, 그렇게 서두를 필요 없다! 서두르지 않아도 학교에 늦진 않을 거야."

나는 그 말을 농담이라고 생각하고 달렸다. 아멜 선생님이 가꾸는 작은 정원에 도착했을 때는 거의 숨이 막힐 지경이었다.

여느 때에는 학교 수업이 시작되면 책상 뚜껑을 여닫는 소리, 수업 시간에 제창하는 내용을 잘 외우려고 손으로 귀를 막고 외우는 소리, 선생님이 커다란 자로 탁자를 두드리는 소리가 거리에서도 들릴 정도로 무척 소란스러웠다. 하지만 지금은 너무도 조용했다! 나는 부산한 틈을 타서 눈에 띄지 않게 내 자리로 가곤 했다. 그런데 그날은 일요일 아침처럼 모든 것이 조용했다. 창문 너머로 보니 반 아이들이 자리에 앉아 있었고, 아멜 선생님은 끔찍한 쇠자를 팔 밑에 끼고 교실 앞뒤를 왔다 갔다 했다. 나는 모두가 보는 가운데 교실 문을 열고 들어가야 했다. 창피

함과 두려움에 얼굴이 얼마나 붉어지던지!

하지만 아무 일도 일어나지 않았다. 아멜 선생님은 나를 보고는 매우 상냥하게 말했다.

"어서 네 자리에 가서 앉으렴, 프란츠. 너를 빼놓고 시작할 뻔했구나."

나는 훌쩍 뛰어 내 자리에 앉았다. 나는 아멜 선생님이 아름다운 초록빛 코트에 주름 잡힌 셔츠와 온통 수를 놓은 까만 비단 모자를 쓰고 있는 것을 그때서야 깨닫고 조금 의아했다. 그런 복장은 장학관이 오거나 상을 타는 날이 아니면 절대 입지 않는 것이었다. 뿐만 아니라 반 전체가 이상하리만치 너무나 엄숙한 모습이었다. 하지만 가장 놀라웠던 점은 항상 비어 있던 교실 뒤쪽의 의자에 마을 사람들이 반 아이들처럼 조용히 앉아 있는 것이었다. 전면장이자 전 우체국장인, 삼각모자를 든 하우저 영감님과 그 밖에 많은 사람들이 와 있었다. 모두가 슬픔에 싸인 듯 보였다. 하우저 영감님은 귀퉁이가 얼룩진 초급 프랑스어 책을 가져와서 무릎 위에 펼쳐놓고 커다란 책 위에 멋진 안경을 올려놓았다.

이 모든 일이 의아하기만 할 때, 아멜 선생님이 의자 위에 올라앉고는 내게 말했을 때처럼 엄숙하고 상냥한 목소리로 말했다.

"여러분, 오늘이 여러분과의 마지막 수업입니다. 알자스와 로렌 지방 학교에서는 독일어만 가르치라는 명령이 베를린에서 내려왔습니다. 내일 새로운 선생님이 오실 겁니다. 오늘이 여러분의 마지막 프랑스어 수업입니다. 수업에 귀를 기울여주길 바랍니다."

이게 무슨 청천벽력 같은 말인가?

아, 몹쓸 인간들. 그들이 면사무소 앞에 붙여 놓은 게 이것이었군!

마지막 프랑스어 수업이라니! 이런, 나는 철자법도 거의 모르는데. 더 이상 배울 수 없다니! 이대로 프랑스어 수업을 그만둬야 한다니! 아, 새 알을 주우려고, 자르 강에서 미끄럼을 타려고 수업을 빼먹었던 게 얼마나 후회스러운지. 들고 다니기에 너무 무겁던 내 책들, 문법책과 수호성인들의 이야기가 실린 책들, 며칠 전까지만 해도 성가신 물건이었던 내 책들은 이제 헤어질 수 없는 오랜 친구 같았다. 아멜 선생님도 마찬가지였다. 선생님이 떠난다니, 다시는 볼 수 없다니, 선생님이 들고 다니던 쇠자나 그가 얼마나 툭하면 화를 잘 냈는지는 하나도 생각나지 않았다.

불쌍한 선생님! 선생님이 일요일에 입던 좋은 옷을 입은 이유를 이제야 깨달았다. 그의 마지막 수업을 기념하기 위해 교실 뒤쪽에 마을의 노인들이 앉아 있었다. 그들 또한 더 자주 이 학교에 오지 못했던 게 슬펐으리라. 40년 동안 믿음직스럽게 가르쳐오신 선생님과, 이제는 더 이상 그들의 나라가 아닌 국가에 대한 경의를 표하기 위해.

이 모든 생각에 골몰해 있는데 내 이름을 부르는 소리가 들렸다. 내가 암송할 차례였다. 또박또박 큰 목소리로 실수 하나 없이 끔찍한 분사 규칙을 모두 외울 수 있다면 왜 안 하겠는가? 나는 첫마디부터 얼버무렸다. 자리에서 일어나 책상을 붙들고 가슴이 두근거려서 감히 선생님을 바라볼 수 없었다. 아멜 선생님이 말했다.

"프란츠, 널 혼내지 않으마. 너는 이미 충분히 벌을 받았을 거야. 그동안 어땠는지 생각해보렴. 우리는 매일 '와, 프랑스어를 공부할 시간은 충분해! 그러니까 내일 해야지.' 하고 생각했지. 이제 결과가 어떻게 됐는지 보렴. 배움을 내일로 미룬다는 게 알자스 지방의 가장 큰 문제였다. 이제 저 바깥에 있는 사람들은 "너는 프랑스 사람인 척 하지만 프랑스어로 쓸 줄도, 말할 줄도 모르는구나." 하고 말할 만하구나. 하지만 네가 가장 큰 잘못을 저지른 건 아니란다. 우리는 모두 스스로를 책망할 게 많단다.

네 부모님은 충분히 애쓰면서 너한테 프랑스어 공부를 시키지 않았어, 부모님은 공부보다 농장이나 방앗간에 가서 몇 푼이라도 더 벌어오길 바라셨지. 나는 어땠는지 아니? 나 역시 비난받아야 해. 수업 시간에 너를 보내 내가 키우는 꽃에 물을 주게 하지 않았니? 또 낚시를 가고 싶으면 그날 하루는 수업을 쉬게 했지."

그런 다음 아멜 선생님은 프랑스어에 대해 이런저런 얘기를 시작했다. 프랑스어는 세상에서 가장 아름다우며, 가장 정확하고 논리적인 언어라고. 우리는 프랑스어를 지키고 결코 잊어서는 안 된다고. 왜냐하면 식민지로 전락했을 때 언어를 얼마나 빨리 되찾느냐는 감옥 안에서 열쇠를 갖는 것과 마찬가지라고. 그러고 나서 선생님은 문법책을 펼치고 수업을 하셨다. 내가 수업 내용을 그토록 잘 이해하다니 기적 같은 일이었다. 선생님이 말하는 모든 것이 그토록 쉬울 수가! 그토록 집중해서 수업을 들은 적이 없었고, 선생님은 그토록 정성을 다해 모든 것을 자세히 설명해준 적이 없었다. 불쌍한 선생님은 멀리 떠나기 전에 자기가 알고 있는 모든 것을, 단번에 우리 머릿속에 집어넣도록 알려주고 싶은 것 같았다.

문법 시간이 끝나고 글씨 쓰기 시간이었다. 그날 아멜 선생님은 아름다운 둥근 글씨체로 '프랑스 알자스'라고 쓰인 새 글씨본을 나누어주셨다. 그것은 책상 앞에 놓인 막대기에 매달려 교실 안 곳곳에 나부끼는 깃발처럼 보였다. 모두가 얼마나 일사분란했는지, 얼마나 조용했는지! 종이 위에 펜으로 글씨를 쓰는 소리 외에는 아무 소리도 들리지 않았다. 잠깐 벌레가 날아 들어왔지만 아무도 신경 쓰지 않았다. 아주 어린 학생들도 온 정성을 다해 한 획씩 긋고 있었다. 지붕 위에서는 비둘기들이 낮은 소리로 구구 울었다. 나는 생각했다.

'저들은 비둘기한테도 독일어로 울라고 할까?'

가끔 고개를 들 때마다 아멜 선생님은 꼼짝도 하지 않고 앉아서, 그 작은 교실의 모든 것을 기억 속에 담아두려는 듯 하나하나 자세히 바라보고 있었다. 놀라워라! 40년 동안 선생님은 같은 곳에 서 있었다. 창문 밖에는 정원이 있고, 눈앞에는 늘 아이들이 있었다. 책상과 긴 의자만이 모서리가 닳고 닳아 반질반질해졌다. 정원에 심은 호두나무가 자라고, 선생님이 직접 심은 포도나무 덩굴이 창문 밖에서 지붕까지 가지를 뻗었다. 이 모든 것을 뒤로 하고 떠나야 한다니, 선생님의 누이동생이 위층 교실에서 내일 떠나기 위해 짐을 싸느라 바삐 움직이는 소리를 들으면 얼마나 마음이 아플까? 불쌍한 선생님! 내일 이 나라를 떠나야 한다.

하지만 선생님은 마지막 순간까지 모든 수업을 계속했다. 작문 시간이 끝나고 역사 수업을 했고 어린 아이들은 '바 베 비 보 부' 노래를 불렀다. 교실 맨 뒤에는 하우저 영감님이 안경을 쓰고 양손으로 초급 프랑스어 책을 들고 아이들과 함께 글자를 읽었다. 하우저 영감님도 역시 열중하고 있었다. 영감님의 목소리는 감정에 북받쳐 흐느끼고 있었는데 그것을 듣고 있노라니 우리는 모두 웃다가도 울고 싶어졌다. 아, 마지막 수업이 얼마나 생생하게 기억나는지!

갑자기 교회 종이 열두 시를 알리며 울렸다. 그런 다음 삼종기도(가톨릭에서 아침·정오·저녁에 그리스도의 강생과 성모마리아를 공경하는 뜻으로 바치는 기도-옮긴이)를 알리는 종소리가 울렸다. 그 순간 훈련에서 돌아온 프러시아 병사들이 나팔을 부는 소리가 창문 밑으로 들려왔다. 아멜 선생님은 창백해진 채 의자에서 일어났다. 선생님이 그토록 커 보인 적은 없었다.

"여러분! 나, 나는…."

그러나 선생님은 목이 메어 더 이상 말을 잇지 못했다.

그러자 선생님은 칠판 앞으로 고개를 돌리고 분필을 들어 온 힘을 다해 최대한 크게 칠판에 썼다.

"프랑스 만세!"

그런 다음 선생님은 분필을 든 손을 내리고 고개를 벽에 기댄 채 아무 말 없이 손짓으로 말했다.

"수업이 끝났으니 돌아가거라."

Alphonse Daudet

The Original Text

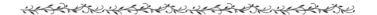

THE STARS
A tale from a Provencal shepherd.

When I used to be in charge of the animals on the
Luberon, I was in the pasture for many weeks with my
dog Labri and the flock without seeing another living
soul. Occasionally the hermit from Mont-de-l'Ure would
pass by looking for medicinal herbs, or I might see the
blackened face of a chimney sweep from Piémont. But
these were simple folk, silenced by the solitude, having
lost the taste for chit-chat, and knowing nothing of what
was going on down in the villages and towns. So, I was

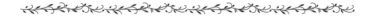

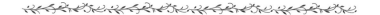

truly happy, when every fortnight I heard the bells on our farm's mule which brought my provisions, and I saw the bright little face of the farm boy, or the red hat of old aunty Norade appear over the hill. I asked them for news from the village, the baptisms, marriages, and so on. But what particularly interested me, was to know what was happening to my master's daughter, Mademoiselle Stephanette, the loveliest thing for fifty kilometres around. Without wishing to seem over-curious, I managed to find out if she was going to village fetes and evening farm gatherings, and if she still turned up with a new admirer every time. If someone asked me how that concerned a poor mountain shepherd, I would say that I was twenty years old and that Stephanette was the loveliest thing I had seen in my whole life.

One Sunday, however, the fortnight's supplies were very late arriving. In the morning, I had thought, "It's because of High Mass." Then about midday, a big storm got up, which made me think that bad road conditions had kept the mule from setting out. Then, just after three o'clock,

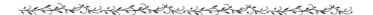

149

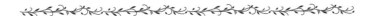

as the sky cleared and the wet mountain glistened in the sunshine, I could hear the mule's bells above the sound of the dripping leaves and the raging streams. To me they were as welcome, happy, and lively as a peal of bells on Easter Day. But there was no little farm boy or old aunty Norade at the head. It was ⋯ you'll never guess ⋯ my heart's very own desire, friends! Stephanette in person, sitting comfortably between the wicker baskets, her lovely face flushed by the mountain air and the bracing storm.

Apparently, the young lad was ill and aunty Norade was on holiday at her childrens' place. Stephanette told me all this as she got off the mule, and explained that she was late because she had lost her way. But to see her there in her Sunday best, with her ribbon of flowers, her silk skirt and lace bodice; it looked more like she had just come from a dance, rather than trying to find her way through the bushes. Oh, the little darling! My eyes never tired of looking at her. I had never seen her so close before. Sometimes in winter, after the flocks had returned to the plain, and I was in the farm for supper in the evening, she

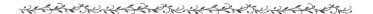

would come into the dining room, always overdressed and rather proud, and rush across the room, virtually ignoring us···. But now, there she was, right in front of me, all to myself. Now wasn't that something to lose your head over?

Once she had taken the provisions out of the pannier, Stephanette began to take an interest in everything. Hitching up her lovely Sunday skirt, which otherwise might have got marked, she went into the compound, to look at the place where I slept. The straw crib with its lambskin cover, my long cape hanging on the wall, my shepherd's crook, and my catapult; all these things fascinated her.

— So, this is where you live, my little shepherd? How tedious it must be to be alone all the time. What do you do with yourself? What do you think about?

I wanted to say, "About you, my lady," and I wouldn't have been lying, but I was so greatly nonplussed that I couldn't find a single word by way of a reply. Obviously,

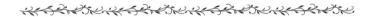

she picked this up, and certainly she would now take some gentle malicious pleasure in turning the screw:

— What about your girlfriend, shepherd, doesn't she come up to see you sometimes? Of course, it would have to be the fairy Esterelle, who only runs at the top of the mountain, or the fabled, golden she-goat⋯.

As she talked on, she seemed to me like the real fairy Esterelle. She threw her head back with a cheeky laugh and hurried away, which made her visit seem like a dream.

— Goodbye, shepherd.

— Bye, Bye, lady.

And there she was-gone-taking the empty baskets with her.

As she disappeared along the steep path, stones

disturbed by the mule's hooves, seemed to take my heart with them as they rolled away. I could hear them for a very long time. For the rest of the day, I stood there daydreaming, hardly daring to move, fearing to break the spell. Towards the evening, as the base of the valleys became a deeper blue, and the bleating animals flocked together for their return to the compound, I heard someone calling to me on the way down, and there she was; mademoiselle herself. But she wasn't laughing any more; she was trembling, and wet, and fearful, and cold. She would have me believe that at the bottom of the hill, she had found the River Sorgue was swollen by the rain storm and, wanting to cross at all costs, had risked getting drowned. The worse thing, was that at that time of night, there was no chance of her getting back to the farm. She would never be able to find the way to the crossing place alone, and I couldn't leave the flock. The thought of staying the night on the mountain troubled her a great deal, particularly as her family would worry about her. I reassured her as best I could:

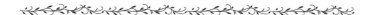

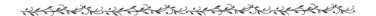

— The nights are short in July, my Lady. It's only going to seem like a passing, unpleasant moment.

I quickly lit a good fire to dry her feet and her dress soaked by the river. I then placed some milk and cheese in front of her, but the poor little thing couldn't turn her thoughts to either warming herself or eating. Seeing the huge tears welling up in her eyes, made me want to cry myself.

Meanwhile night had almost fallen. There was just the faintest trace of the sunset left on the mountains' crests. I wanted mademoiselle to go on into in the compound to rest and recover. I covered the fresh straw with a beautiful brand new skin, and I bid her good night. I was going to sit outside the door. As God is my witness, I never had an unclean thought, despite my burning desire for her. I had nothing but a great feeling of pride in considering that, there, in a corner of the compound, close up to the flock watching curiously over her sleeping form, my masters' daughter rested,- just like a sheep, though one whiter

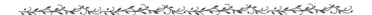

and much more precious than all the others,- trusting me to guard her. To me, never had the sky seemed darker, nor the stars brighter⋯. Suddenly, the wicker fence opened and the beautiful Stephanette appeared. She couldn't sleep; the animals were scrunching the hay as they moved, or bleating in their dreams. For now, she just wanted to come close to the fire. I threw my goat-skin over her shoulders, tickled the fire, and we sat there together not saying anything. If you know what's it's like to sleep under the stars at night, you'll know that, when we are normally asleep, a mysterious world awakens in the solitude and silence. It's the time the springs babble more clearly, and the ponds light up their will o' the wisps. All mountain spirits roam freely about, and there are rustlings in the air, imperceptible sounds, that might be branches thickening or grass growing. Day-time is for everyday living things; night-time is for strange, unknown things. If you're not used to it, it can terrify you⋯. So it was with mademoiselle, who was all of a shiver, and clung to me very tightly at the slightest noise. Once, a long gloomy cry, from the darkest of the ponds, rose and fell

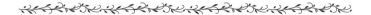

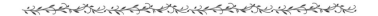

in intensity as it came towards us. At the same time, a shooting star flashed above our heads going in the same direction, as if the moan we had just heard was carrying a light.

— What's that? Stephanette asked me in a whisper.

— A soul entering heaven, my Lady; and I crossed myself.

She did the same, but stayed looking at the heavens in rapt awe. Then she said to me:

— Is it true then, that you shepherds are magicians?

— No, no, mademoiselle, but here we live closer to the stars, and we know more about what happens up there than people who live in the plains.

She kept looking at the stars, her head on her hands, wrapped in the sheepskin like a small heavenly shepherd:

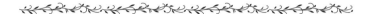

— How many there are! How beautiful! I have never seen so many. Do you know their names, shepherd?

— Of course, lady. There you are! Just above our heads, that's the Milky Way. Further on you have the Great Bear. And so, he described to her in great detail, some of the magic of the star-filled panoply⋯.

— One of the stars, which the shepherds name, Maguelonne, I said, chases Saturn and marries him every seven years.

— What, shepherd! Are there star marriages, then?

— Oh yes, my Lady.

I was trying to explain to her what these marriages were about, when I felt something cool and fine on my shoulder. It was her head, heavy with sleep, placed on me with just a delightful brush of her ribbons, lace, and dark tresses. She stayed just like that, unmoving, right until the

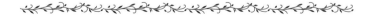

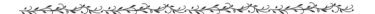

stars faded in the coming daylight. As for me, I watched her sleeping, being somewhat troubled in my soul, but that clear night, which had only ever given me beautiful thoughts, had kept me in an innocent frame of mind. The stars all around us continued their stately, silent journey like a great docile flock in the sky. At times, I imagined that one of these stars, the finest one, the most brilliant, having lost its way, had come to settle, gently, on my shoulder, to sleep···.

MASTER- MILLER CORNILLE'S SECRET

Francet Mamaï, an aging fife player, who occasionally passes the evening hours drinking sweet wine with me, recently told me about a little drama which unfolded in the village near my windmill some twenty years ago. The fellow's tale was quite touching and I'll try to tell it to you as I heard it.

For a moment, think of yourself sitting next to a flagon of sweet-smelling wine, listening to the old fife player

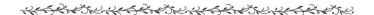

giving forth.

Our land, my dear monsieur, hasn't always been the dead and alive place it is today. In the old days, it was a great milling centre, serving the farmers from many kilometres around, who brought their wheat here to be ground into flour. The village was surrounded by hills covered in windmills. On every side, above the pine trees, sails, turning in the mistral, filled the landscape, and an assortment of small, sack-laden donkeys trudged up and down the paths. Day after day it was really good to hear the crack of the whips, the snap of the sails, and the miller's men's prodding, "Gee-up"···. On Sundays, we used to go up to the windmills in droves, and the millers thanked us with Muscat wine. The miller's wives looked as pretty as pictures with their lace shawls and gold crosses. I took my fife, of course, and we farandoled the night away. Those windmills, mark me, were the heart and soul of our world.

Then, some Parisians came up with the unfortunate

idea of establishing a new steam flour mill on the
Tarascon Road. People soon began sending their wheat
to the factory and the poor wind-millers started to lose
their living. For a while they tried to fight back, but steam
was the coming thing, and it eventually finished them off.
One by one, they had to close down···. No more dear little
donkeys; no more Muscat! and no more farandoling!···
The millers' wives were selling their gold crosses to help
make ends meet···. The mistral might just as well not have
bothered for all the turning the windmills did···. Then,
one day, the commune ordered the destruction of all the
run-down windmills and the land was used to plant vines
and olive trees.

Even during of all this demolition, one windmill had
prevailed and managed to keep going, and was still
bravely turning on, right under the mill factors' noses.
It was Master-Miller Cornille's mill; yes, this actual one
we're chewing the fat in right now.

Cornille was an old miller, who had lived and breathed

flour for sixty years, and loved his milling above all other things. The opening of the factories had enraged him to distraction. For a whole week, he was stirring up the locals in the village, and screaming that the mill factories would poison the whole of Provence with their flour. "Don't have anything to do with them," he said, "Those thieves use steam, the devil's own wind, while I work with the very breath of God, the tramontana and the mistral." He was using all manner of fine words in praise of windmills. But nobody was listening.

From then on, the raving old man just shut himself away in his windmill and lived alone like a caged animal. He didn't even want Vivette, his fifteen year old grand daughter, around. She only had her grandfather to depend on since the death of her parents, so the poor little thing had to earn her living from any farm needing help with the harvest, the silk-worms, or the olive picking. And yet, her grandfather still displayed all the signs of loving Vivette, and he would often walk in the midday sun to see her in the farm where she was working, and he would

spend many hours watching her, and breaking his heart⋯.

People thought that the old miller was simply being miserly in sending Vivette away. In their opinion, it was utterly shameful to let his grand-daughter trail from farm to farm, running the risk that the supervisors would bully and abuse her and that she would suffer all the usual horrors of child labour. Cornille, who had once been respected, now roamed the streets like a gypsy; bare-footed, with a hole in his hat, and his breeches in shreds⋯. In fact, when he went to mass on Sundays, we, his own generation, were ashamed of him, and he sensed this to the point that he wouldn't come and sit in the front pews with us. He always sat by the font at the back of the church with the parish poor.

There was something mysterious about Cornille's life. For some time, nobody in the village had brought him any wheat, and yet his windmill's sails kept on turning. In the evenings, the old miller could be seen on the pathways, driving his flour-sack laden mule along.

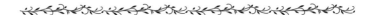

— Good evening, Master-Miller Cornille! the peasants called over to him; Everything alright, then?

— Oh yes, lads, the old fellow replied cheerily. Thank God, there's no shortage of work for me."

If you asked him where the work was coming from, he would put a finger to his mouth and reply with great seriousness: "Keep it under your hat! It's for export." You could never get anything more than that out of him.

You daren't even think about poking your nose inside the windmill.

Even little Vivette wouldn't go in there.

The door was always shut when you passed by, the huge sails were always turning, the old donkey was grazing on the mill's apron, and a starved-looking cat was sunning itself on the windowsill, and eying you viciously.

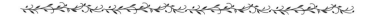

All this gave it an air of mystery causing much gossip. Each person had his own version of Cornille's secret, but the general view was that there were more sacks of money than sacks of flour in the windmill.

Eventually, though, everything was revealed. Listen to this:

One day, playing my fife at the youngsters dance, I noticed that the eldest of my boys and little Vivette had fallen in love. Deep down, I was not sorry; after all, Cornille was a respected name in our village, and then again, it had pleased me to see this pretty little bundle of fluff, Vivette, skipping around the house. But, as our lovers had lots of opportunities to be alone together, I wanted to put the affair on a proper footing at once, for fear of accidents, so I went up to the windmill to have a few words with her grandfather···. But, oh, the old devil! You wouldn't credit the manner of his welcome! I couldn't get him to open the door. I told him through the keyhole that my intentions were good, and meanwhile, that damned

starved-looking cat was spitting like anything above my head.

The old man cut me short and told me, unfairly, to get back to my flute playing, and that if I was in such a hurry to marry off my boy, I'd be better going to look for one of the factory girls. You can imagine how much these words made my blood boil, but, wisely, I was able to control myself, and left the old fool to his grinding. I went back to tell the children of my disappointment. The poor lambs couldn't believe it; and they asked me if they could go to speak to him. I couldn't refuse, and in a flash, the lovers went. When they arrived, Cornille had just left. The door was double locked, but he had left his ladder outside. The children immediately went in through the window to see what was inside this famous windmill….

Amazingly, the milling room was empty. Not a single sack; not one grain of wheat. Not the least trace of flour on the walls or in the cobwebs. There wasn't even the good warm scent of crushed wheat which permeates

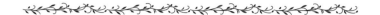

windmills. The grinding machinery was covered in dust, and the starving cat was asleep on it.

The room below had just the same air of misery and neglect: a pitiful bed, a few rags, a piece of bread on a step of the stairs, and notably, in one corner, three or four burst sacks with rubble and chalk spilling out.

So-that was Cornille's secret! It was this plaster that was being moved by road in the evenings. All this, just to save the reputation of the windmill, to make people believe that flour was still being milled there. Poor windmill. Poor Cornille! The millers had finished the last real work a long time ago. The sails turned on, but the millstone didn't.

The children returned tearfully and told me what they had seen. It broke my heart to hear them. I ran round to the neighbours straight away, explaining things very briefly, and we all agreed at once on what to do, which was to carry all the wheat we could lay our hands on up to Cornille's windmill. No sooner said than done. The

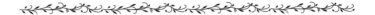

whole village met up on the way and we arrived with a procession of donkeys loaded up with wheat, but this time the real thing.

The windmill was open to the world⋯. In front of the door, crying, head in hands, sat Cornille on a sack of plaster. He had only just come back and noticed, that while he was away, his home had been invaded and his pathetic secret exposed.

— Poor, poor me, he said. I might as well be dead ⋯ the windmill has been shamed.

Then sobbing bitter tears, he tried to say all sorts of consoling words to his windmill, as if it could hear him. Just then, the mules arrived on the apron and we all began to shout loudly as in the good old days of the millers:

— What ho there, in the windmill! What ho there, Monsieur Cornille!!

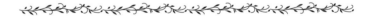

And there they were, stacked together, sack upon sack of lovely golden grain, some spilling over onto the ground all around….

Cornille, his eyes wide open, took some of the wheat into the palms of his old hands, crying and laughing at the same time:

— It's wheat! Dear Lord. Real wheat. Leave me to feast my eyes.

Then, turning towards us, he said:

— I know why you've come back to me…. The mill factory owners are all thieves.

We wanted to lift him shoulder high and take him triumphantly to the village:

— No, no my children, I must give my windmill something to go at first.

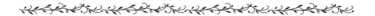

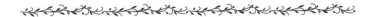

Think about it, for so long, it's had nothing to grind!

We all had tears in our eyes as we saw the old man scampering from sack to sack, and emptying them into the millstone and watching as the fine flour was ground out onto the floor.

It's fair to say that from then on, we never let the old miller run short of work. Then, one morning Master-Miller Cornille died, and the sails of our last working windmill turned for the very last time. Once he had gone, no one took his place. What could we do, monsieur? Everything comes to an end in this world, and we have to accept that the time for windmills has gone, along with the days of the horse-drawn barges on the Rhone, local parliaments, and floral jackets."

THE ARLESIENNE

As you go down to the village from the windmill, the road passes a farm situated behind a large courtyard planted with tall Mediterranean nettle trees. It's a typical house of a Provencal tenant farmer with its red tiles, large brown façade, and haphazardly placed doors and windows. It has a weather-cock right on top of the loft, and a pulley to hoist hay, with a few tufts of old hay sticking out⋯.

What was it about this particular house that struck me? Why did the closed gate freeze my blood? I don't know; but I do know that the house gave me the shivers. It was choked by an eerie silence. No dogs barked. Guinea fowl scattered silently. Nothing was heard from inside the grounds, not even the ubiquitous mule's bell···. Were it not for white curtains at the windows and smoke rising from the roof, the place could have been deserted.

Yesterday, around midday, I was walking back from the village, by the walls of the farm in the shade of the old nettle trees, when I saw some farm-hands quietly finishing loading a hay wain on the road in front of the farm. The gate had been left open and discovered a tall, white-haired, old man at the back of the yard, with his elbows on a large stone table, and his head in his hands. He was wearing an ill-fitting jacket and tattered trousers···. The sight of him stopped me in my tracks. One of the men whispered, almost inaudibly, to me:

— Sush. It's the Master. He's been like that since his son's

death.

At that moment a woman and a small boy, both dressed in black and accompanied by fat and sun-tanned villagers, passed near us and went into the farm.

The man went on:

— …The lady and the youngest, Cadet, are coming back from the mass. Every day it's the same thing since the eldest killed himself. Oh, monsieur, what a tragedy. The father still goes round in his mourning weeds, nothing will stop him…. Gee-up!

The wagon lurched ready to go, but I still wanted to know more, so I asked the driver if I could sit with him, and it was up there in the hay, that I learned all about the tragic story of young Jan.

Jan was an admirable countryman of twenty, as well-behaved as a girl, well-built and open-hearted. He was

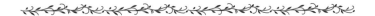

very handsome and so caught the eye of lots of women, but he had eyes for only one- a petite girl from Arles, velvet and lace vision, whom he had once met in the town's main square. This wasn't well received at first in the farm. The girl was known as a flirt, and her parents weren't local people. But Jan wanted her, whatever the cost. He said:

— I will die if I don't have her. And so, it just had to be. The marriage was duly arranged to take place after the harvest.

One Sunday evening, the family were just finishing dinner in the courtyard. It was almost a wedding feast. The fiancée was not there, but her health and well-being were toasted throughout the meal···. A man appeared unexpectedly at the door, and stuttered a request to speak to Estève, the master of the house, alone. Estève got up and went out onto the road.

— Monsieur, the man said, you are about to marry your

boy off to a woman who is a bitch, and has been my mistress for two years. I have proof of what I say; here are some of her letters!⋯ Her parents know all about it and have promised her to me, but since your son took an interest in her, neither she nor they want anything to do with me⋯. And yet I would have thought that after what has happened, she couldn't in all conscience marry anyone else.

— I see, said Master Estève after scanning the letters; come in; have a glass of Muscat.

The man replied:

— Thanks, but I am too upset for company.

And he went away.

The father went back in, seemingly unaffected, and retook his place at the table where the meal was rounded off quite amiably.

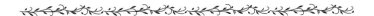

That evening, Master Estève went out into the fields with his son. They stayed outside some time, and when they did return the mother was waiting up for them.

— Wife, said the farmer bringing their son to her, hug him, he's very unhappy⋯.

Jan didn't mention the Arlesienne ever again. He still loved her though, only more so, now he knew that she was in the arms of someone else. The trouble was that he was too proud to say so, and that's what killed the poor boy. Sometimes, he would spend entire days alone, huddled in a corner, motionless. At other times, angry, he would set himself to work on the farm, and, on his own, get through the work of ten men. When evening came, he would set out for Arles, and walk expectantly until he saw the town's few steeples appearing in the sunset. Then he turned round and went home. He never went any closer than that.

The people in the farm didn't know what to do, seeing him always sad and lonely. They feared the worst. Once,

during a meal, his mother, her eyes welling with tears, said to him:

— Alright, listen Jan, if you really want her, we will let you take her⋯.

The father, blushing with shame, lowered his head⋯.

Jan shook his head and left⋯.

From that day onwards, Jan changed his ways, affecting cheerfulness all the time to reassure his parents. He was seen again at balls, cabarets, and branding fetes. At the celebrations at the Fonvieille fete, he actually led the farandole.

His father said: "He's got over it." His mother, however, still had her fears and kept an eye on her boy more than ever⋯. Jan slept in the same room as Cadet, close to the silkworms' building. The poor mother even made up her bed in the next room to theirs ⋯ explaining by saying that the silkworms would need attention during the night.

Then came the feast day of St. Eli, patron saint of farmers.

There were great celebrations in the farm···. There was plenty of Château-Neuf for everybody and the sweet wine flowed in rivers. Then there were crackers, and fireworks, and coloured lanterns all over the nettle trees. Long live St. Eli! They all danced the farandole until they dropped. Cadet scorched his new smock···. Even Jan looked content, and actually asked his mother for a dance. She cried with joy.

At midnight they all went to bed; everybody was tired out. But Jan himself didn't sleep. Cadet said later that he had been sobbing the whole night. Oh, I tell you, he was well smitten that one···.

The next morning the mother heard someone running across her sons' bedroom. She felt a sort of presentiment:

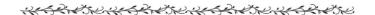

— Jan, is that you?

Jan didn't reply, he was already on the stairs.

His mother got up at once:

— Jan, where are you going?

He went up into the loft, she followed him:

— In heavens name, son!

He shut and bolted the door:

— Jan, Jan, answer me. What are you doing?

Her old trembling hands felt for the latch···. A window opened; there was the sound of a body hitting the courtyard slabs. Then ··· an awful silence.

The poor lad had told himself: "I love her too much···. I

want to end it all⋯." Oh, what pitiful things we are! It's all too much; even scorn can't kill love⋯.

That morning, the village people wondered who could be howling like that, down there by Estève's farm.

It was the mother in the courtyard by the stone table which was covered with dew and with blood. She was wailing over her son's lifeless body, limp, in her arms.

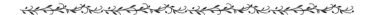

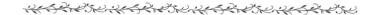

MONSIEUR SEGUIN'S
LAST KID GOAT

To Pierre Gringoire, lyrical poet, Paris.

You'll never get anywhere, Gringoire!

I can't believe it! A good newspaper in Paris offers you a
job as a critic and you have the brass neck to turn it down.
Look at yourself, old friend. Look at the holes in your
doublet, your worn-out stockings, and your pinched face
which betrays your hunger. Look where your passion for

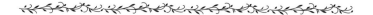

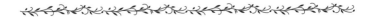

poetry has got you! See how much you have been valued for your ten years writing for the gods. What price pride, after all?

Take the job, you idiot, become a critic! You'll get good money, you'll have your reserved table in Brébant's, you will be seen at premieres, and it will secure your reputation….

No? You don't want to? You prefer to stay as free as the air to the end of your days. Very well then, listen to the story of Monsieur Seguin's last kid goat. You'll see where hankering after your freedom gets you.

Monsieur Seguin never had much luck with his goats.

He lost them all, one after another, in the same way. One fine morning they would break free from their tethers and scamper off up into the mountain, where they were gobbled up by the big bad wolf. Neither their master's care, nor the fear of the wolf, nor anything else could hold

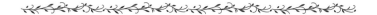

them back. They were, or so it seemed, goats who wanted freedom and open spaces whatever the cost.

Monsieur Seguin, who didn't understand his animals' ways, was dismayed.

He said:

— It's all over. Goats get fed up here; I haven't managed to keep a single one of them.

But he hadn't totally lost heart, for even after losing six goats, he still bought a seventh. This time he made sure to get it very young, so she would settle down better.

Oh! Gringoire, she was really lovely, Monsieur Seguin's little kid goat; with her gentle eyes, her goatee beard, her black shiny hooves, her striped horns, and her long white fur, which made a fine greatcoat for her! It was nearly as delightful as Esmeralda's kid goat. Do you remember her, Gringoire? And then again, she was affectionate and

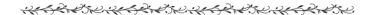

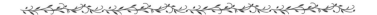

docile, holding still while she was milked, never putting her foot in the bowl. A lovely, a dear little goat….

There was a hawthorn enclosure behind Monsieur Seguin's house where he placed his new boarder. He tied her to a stake in the finest part of the field, taking care that she had plenty of rope, and often went out to see how she was faring. The goat appeared to be very happy and was grazing heartily on the grass, which delighted Monsieur Seguin.

— At last, triumphed the poor man, this one isn't getting bored here!

Monsieur Seguin was wrong; his goat was becoming very bored.

One day, looking over towards the mountain, she remarked:

— How great it must be up there! How lovely to gambol

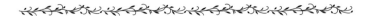

on the heath without this rope tether that chafes my neck. It's alright for an ox or a donkey to graze all cooped up, but we goats should be able to roam free.

From then on, she found the grass in the enclosure bland. Boredom overcame her. She lost weight and her milk all but dried up. It was pitiful to see her pulling at her tether all day, with her head turned towards the mountain, nostrils flared, and bleating sadly.

Monsieur Seguin noticed that there was something wrong with her, but he couldn't work out what it was. One morning, as he finished milking her, she turned towards him and said to him, in her own way:

— Listen Monsieur Seguin. I am pining away here, let me go into the mountain.

— Oh my God. Not you as well! screamed Monsieur Seguin, dropping his bowl, stupefied. Then, sitting down in the grass beside his goat he added:

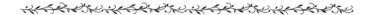

— So, my Blanquette, you want to leave me!

Blanquette replied:

— Yes, Monsieur Seguin.

— Are you short of grass here?

— Oh, no, Monsieur Seguin.

— Perhaps your tether is too short, shall I lengthen it?

— It-s not worth your while, Monsieur Seguin.

— Well then, what do you need, what do you want?

— I want to go up into the mountain, Monsieur Seguin.

— But, my poor dear, don't you realise that there is a big bad wolf on the mountain? What will you do when he turns up.

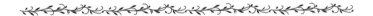

— I will butt him, Monsieur Seguin.

— The big bad wolf doesn't give a fig for your horns. He's eaten many a kid goat with bigger horns than yours. Have you thought about poor old Renaude who was here only last year? She was really strong and wilful, she was; more like a billy-goat. She fought off the wolf all night. In the morning the wolf still ate her, though.

— Poor, poor Renaude! But that doesn't alter anything, Monsieur Seguin, let me go into the mountain.

— Goodness!···, he said; What am I to do with these goats of mine? Yet another one for the wolf's belly. Well, I'm not going to have it, I will save you despite yourself, you rascal, and to avoid the risk of your breaking loose, I am going to lock you in the cowshed and you will stay there.

Without further ado, Monsieur Seguin carried the goat into the pitch blackness of the cowshed and locked and

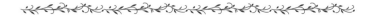

bolted the door. Unfortunately, he had forgotten to shut the window, and he had hardly turned his back when she got free.

Are you laughing, Gringoire? Heavens! I'm quite sure you are on the goats' side, and not Monsieur Seguin's. We'll see if you manage to keep laughing.

There was general delight when the white goat arrived on the mountain. The old fir trees had never seen anything nearly so lovely. She was received like a queen. The chestnut trees bowed down to the ground to stroke her with the tips of their leaves. The brooms opened up the way for her and brushed against her as best they could. The whole mountainside celebrated her arrival.

So, Gringoire, imagine how happy our goat was! No more tether ⋯ no more stake ⋯ nothing to prevent her from going where she wanted and nibbling at anything she liked. Hereabouts, there was lots of grass; she was up to her horns in it, my friend. And what grass! Delicious,

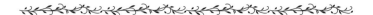

fine, feathery, and dense, so much better than that in the enclosure. And then there were the flowers!··· Huge bluebells; purple, long-stemmed foxgloves; a whole forest full of wild blooms brimming over with heady sap.

The white goat, half-drunk, wallowed in it, and with her legs flailing in the air, rolled along the bank all over the place on the fallen leaves in amongst the chestnut trees. Then, quite suddenly, she jumped confidently onto her feet. Off she went, heedlessly going forward through the clumps of boxwood and brooms; she went everywhere; up hill, and down dale. You would have thought that there were loads of Monsieur Seguin's goats on the mountain.

Clearly, Blanquette was not frightened of anything. In one leap, she covered some large torrential streams, which burst over her in a soaking mist. Then, dripping wet, she stretched herself out on a flat rock and dried herself in the sun. Once, approaching the edge of a drop, a laburnum flower in her mouth, she noticed Monsieur Seguin's house and the enclosure far down on the plain. It

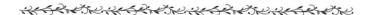

made her laugh till the tears came.

— How small it all is! she said; how did I manage to put up with it?

Poor little thing, finding herself so high up, she believed herself to be on top of the world.

Overall, it was a jolly good day for Monsieur Seguin's kid goat. About midday, scampering all over the place, she chanced upon a herd of chamois munching on wild vines with some relish. Our little minx in a white dress was an absolute sensation. All these gentlemanly bucks made way for her so she could have the very best of the vines···. It even seemed- and this is for your ears only Gringoire- that one of the black coated young chamois caught Blanquette's eye. The two lovers got lost in the trees for an hour or two, and if you want to know what they said to one another, go and ask the babbling brooks who meander unseen in the moss.

Suddenly, the wind freshened; the mountain turned violet; and evening fell···.

— Already!, said the little kid goat, and stopped in astonishment.

In the valley, the fields were shrouded in mist. Monsieur Seguin's enclosure was hidden in the fog, and nothing could be seen of the house except the roof and a faint trace of smoke. She heard the bells of a flock of sheep returning home and began to feel very melancholy. A returning falcon just missed her with his wings as he passed over. She winced···. Then there was a howl on the mountain.

Now, the silly nanny thought about the big bad wolf; having not once done it all day. At the same time, a horn sounded far away in the valley. It was Monsieur Seguin making one last effort.

The wolf howled again.

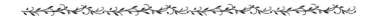

— Come home! Come home! cried the horn.

Blanquette wanted to; but then, she remembered the stake, and the rope, and the hedged enclosure; and she thought that now she couldn't possibly get used to all that lot again, and it was better to stay put.

The horn went silent⋯.

She heard a noise in the leaves behind her. She turned round and there in the shade she saw two short, pricked-up ears and two shining eyes⋯. It was the big, bad wolf.

Huge and motionless, there he was, sitting on his hindquarters, looking at the little white goat and licking his chops. He knew full well that he would eventually eat her, so he was in no hurry, and as she turned away, he laughed maliciously:

— Ha! Ha! It's Monsieur Seguin's little kid goat! and he licked his chops once again with his red tongue.

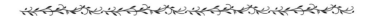

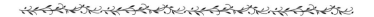

Blanquette felt all was lost. It only took a moment's thought about the story of old Renaude, who became the wolf's meal after bravely fighting all night, to convince her that perhaps it would have been better to get it over with, and to let herself be eaten there and then. Afterwards, thinking better of it, she squared up to the big bad wolf, head down, horns ready, like the brave little kid goat of Monsieur Seguin that she was ⋯ not that she expected to kill him - goats don't kill wolves - but just to see if she could last out as long as Renaude⋯.

As the big bad wolf drew near, she with her little horns set to into the fray.

Oh! the brave little kid goat; how she went at it with such a great heart. A dozen times, I'll swear, Gringoire, she forced the wolf back to catch his breath. During these brief respites, she grabbed a blade or two of the grass that she loved so much; then, still munching, joined the battle again⋯. The whole night passed like this. Occasionally, Monsieur Seguin's kid goat looked up at the twinkling

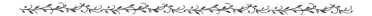

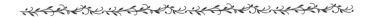

stars in the clear sky and said to herself:

— Oh dear, I hope I can last out till the morning….

One by one the stars faded away. Blanquette intensified her charges, while the wolf replied with his teeth. The pale daylight appeared gradually over the horizon. A cockerel crowed hoarsely from a farm below.

— At last! said the poor animal, who was only waiting for the morning to come so that she could die bravely, and she laid herself down on the ground, her beautiful white fur stained with blood.

It was then, at last, that the wolf fell on the little goat and devoured her.

Goodbye, Gringoire!

The story you have heard is not of my making. If you ever come to Provence, our tenant farmers often tell you,

of M. Seguin's kid goat, who fought the big bad wolf all night before he ate her in the morning.

Think about it, Gringoire, the big bad wolf ate her in the morning.

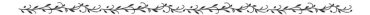

FIRST IMPRESSIONS

I am not sure who was the more surprised when I arrived - me or the rabbits⋯. The door had been bolted and barred for a long time, and the walls and platform were overgrown with weeds; so, understandably, the rabbits had come to the conclusion that millers were a dying breed. They had found the place much to their liking, and felt fully entitled to made the windmill their general and strategic headquarters. The night I moved in, I tell you, there were over twenty of them, sprawled

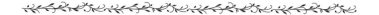

around the apron, basking in the moonlight. When I opened a window, the whole encampment scampered off, their white scuts bobbing up and down until they had completely disappeared into the brush. I do hope they come back, though.

Another much surprised resident was also not best comforted by my arrival. It was the old, thoughtful, sinister-looking owl, a sitting tenant for some twenty years. I found him stiff and motionless on his roost of fallen plaster and tiles. He ran his large round eyes over me briefly and then, probably much put out by the presence of a stranger, he hooted, and painfully and carefully shook his dusty, grey wings; - they ponder too much these owlish, thinking types and never keep themselves clean … it didn't matter! even with his blinking eyes and his sullen expression, this particular occupant would suit me better than most, and I immediately decided he was only too welcome to stay. He stayed right there, just where he'd always been, at the very top of the mill near his own personal roof entrance. Me - I settled

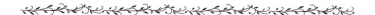

down below in a little, whitewashed, vaulted, and low-ceilinged room, much like a nun's refectory.

I am writing to you from my windmill, with the door wide open to the brilliant sunshine.

In front of me, a lovely, sparklingly lit, pine wood plunges down to the bottom of the hill. The nearest mountains, the Alpilles, are far away, their grand silhouettes pressing against the sky···. There was hardly a sound to be heard; a fading fife, a curlew calling amongst the lavender, and a tinkle of mules' bells from somewhere along the track. The Provencal light really brings this beautiful landscape to life.

Don't you wonder, right now, if I am missing your black and bustling Paris? Actually, I'm very contented in my windmill; it is just the sort of warm, sweet-smelling spot I was looking for, a long, long way from newspapers, hansom cabs, and all that fog!··· Also, I am surrounded by so many lovely things. My head is bursting with vivid

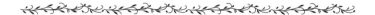

memories and wonderful impressions, after only eight days here. For instance, yesterday evening, I saw the flocks of animals returning from the hills to the farm (the mas), and I swear that I wouldn't swap this one hillside wonder for a whole week's worth of Premieres in Paris. Well, I'll let you be the judge.

Here in Provence, it's normal practice to send the sheep into the mountains when it's warm enough in the spring, and, for five or six months, man and beast live together with nothing but the sky for a roof and grass for a bed. When the first autumn chill is felt in the air, they are brought back down to the mas, and they can graze comfortably on the nearby rosemary-scented hills···. This annual delight, the return of the flock, was accomplished last night. The double barn doors had been left expectantly open since daybreak and the barn had already been covered with fresh straw. There was occasional, excited speculation about the flock's exact whereabouts; "Now they are in Eyguières" or "They are in Paradou" was rumoured. Then suddenly, towards evening,

we heard a rousing shout of "Here they come" and we could see the magnificent cloud of dust that heralded the approach of the flock. As it continued along its way, it seemed to gather everything into its path to join the great march home⋯. The old rams, horns assertively pointing forward, lead the way, with the rest of the sheep behind; the ewes looked tired out, with their new-born lambs getting under their feet;—Mules bedecked with red pom-poms were carrying day-old lambs in baskets and rocking them to sleep with a gentle motion. Then came the breathless, overworked dogs, tongues hanging out, in the company of two strapping shepherds in their red serge, ground-hugging cloaks.

The whole parade filed merrily past before being swallowed up by the open barn doors. They shuffled inside with a noise like a tropical downpour⋯. You should have seen the turmoil inside. The huge, silken tulle-crested, green and gold peacocks loudly trumpeted their welcome as they recognised the new arrivals. The early-to-bed hens scattered everywhere as they were woken

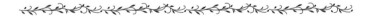

up. All the pigeons, ducks, turkeys, and guinea-fowl were running or flying wildly about. The whole poultry yard was going absolutely mad!⋯ You'd think that every single sheep had brought back an intoxicating dose of wild mountain air in its fleece, which had made all the other animals hopping mad.

In the midst of all this commotion, the flock somehow managed to settle themselves in. You couldn't imagine anything more charming than this homecoming. The old rams relaxed visibly at the sight of their home farm, while the tiny lambs born during the descent looked all around in astonished wonder.

But, it was the dogs that were the most touching, the gentle sheep dogs, who had busily looked after their charges until they were all safely back in the farm. The guard dog, barking from his kennel, did his best to call them over, and the well-bucket, brimming over with cool water, also competed to tempt them. But nothing, nothing could distract them, at least not until the livestock were

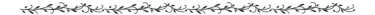

all safely inside the pen, the small gate securely latched by its large bolt, and the shepherds seated at the table of their low-ceilinged room. Only then were they content to go to their dog pound, lap up their slop, and spread the news to the other animals, of the adventures they had had in the mountains – that mysterious world of wolves, and tall, purple foxgloves brimming over with dew.

THE COACH FROM
BEAUCAIRE

I took the coach from Beaucaire to get to my windmill. It was a good old patache, a sort of rural coach, which, although it only made short trips, dawdled so much that by the end of the day it had the wearied air of having travelled a long way. There were five of us on top, plus the driver of course.

There was a thick-set, hairy, and earthy-smelling Camargue Ranger, with big, blood-shot eyes, and sporting

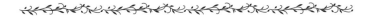

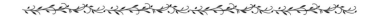

silver earrings. There were two men from Beaucaire, a
baker and his dough mixer, ruddy and wheezy, as befits
their trade, but with the magnificent profiles of a roman
Emperor. Lastly there was this fellow; no, not a person,
really, just a cap. You were only aware of the cap ⋯ an
enormous rabbit-skin cap. He said little, gazing miserably
at the passing road.

These characters, well known to each other, were
speaking very loudly, and even more freely, about their
personal business. The Ranger announced that he was
making for Nîmes in response to a Magistrate's summons
for pitch-forking a shepherd. They're hot-blooded, these
Camargue folk. As for the men from Beaucaire; they
were at each others throats about the Virgin Mary. It
appears that the baker was from a parish dedicated to
the Madonna, known in Provence as the Holy Mother,
and always pictured carrying the baby Jesus in her arms.
His dough-mixer, on the other hand, was a lay-reader at
a new church dedicated to the Immaculate Conception,
whose icon showed her with open arms and illuminated

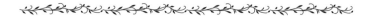

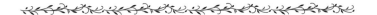

hands. The way they treated each other and their respective Madonnas, had to be seen to be believed:

— She's no more than a pretty girl, your "immaculate" lady!

— Well, you know what you can do with your Holy Mother!

— She was no better around Palestine than she should have been, yours!

— What about yours, the little minx! Who knows what she got up to. Only

St. Joseph can answer that.

You'd have thought we were on the docks in Naples. In truth, it only needed the glint of a knife blade, I'm sure, to settle this fine theological point once and for all; that is if the driver hadn't intervened.

— Give us some peace. You and your Madonnas! he said laughingly, trying to make light of the Beaucairian dispute: it's women's stuff, this, men shouldn't get involved.

He cracked his whip, from his high perch, as if to emphasise to his lack of religious conviction and to bring the others into line.

End of discussion. But the baker, having been stopped in full flow, wanted to continue in the same vein, and turned his attention towards the miserable cap, still morosely huddled in its corner, and quietly sneered:

— You there, grinder, what about your wife? What side of the parish border does she stand on?

It was as though it was meant to be a joke; the whole cart-load of them erupted into uproarious laughter ⋯ except the grinder himself, who didn't react to the remark. This prompted the baker to turn towards me:

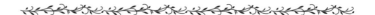

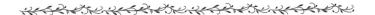

— You don't happen to know his wife do you, monsieur? Just as well; she's a real queer fish; there can't be another one like her in Beaucaire.

The increasing laughter left the grinder unmoved except for a whisper, his eyes still downcast:

— Hush, baker.

But there was no stopping this interfering baker, and he warmed to his theme:

— He's an idiot! No man of the world would complain about having wife like that. There's never a dull moment when she's around! Think about it! A really gorgeous girl, who every six months or so, ups sticks and runs away, and, believe me, always has a pretty tale to tell when she gets back ⋯ that's the way it is ⋯ a funny old menagerie, that one. Work it out, monsieur, they hadn't even been hitched a year when she breezed off to Spain with a chocolate merchant.

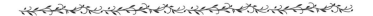

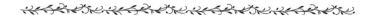

— The husband was inconsolable after that, sitting alone and drinking and crying all the time like a man possessed. After a while, she drifted back into the area, dressed like a Spaniard, complete with tambourine. We all warned her:

— You'd better get lost, he'll kill you.

— Kill her indeed ⋯ Oh yes, I should say so, they made it up beautifully, she even taught him how to play the tambourine like a Basque!

Once again the coach rocked with laughter. Once again, the grinder still didn't budge, just murmured again:

— Hush, baker.

The baker ignored this plea and went on:

— You might think, after her return from Spain, monsieur, the little beauty would keep herself to

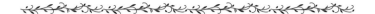

herself?. But oh no!⋯ Her husband accepted the situation again, so easily, it has to be said, that she was at it again. After Spain, there was an army officer, then a sailor from the Rhone, then a musician, then ⋯ who knows?⋯ What is certain, is that, every time, it's the same French farce ⋯ She leaves, he cries; she comes back, he gets over it. You'd better believe it, he's a long suffering cuckold that one. But you've got to admit, she is a real good-looker, the little she-grinder; a piece fit for a king, full of life, sweet as could be, and a lovely bit of stuff. To top it all, she has a skin like alabaster and hazel eyes that always seem to be smiling at men. My word, Paris, if you ever pass through Beaucaire again⋯.

— Oh do be quiet baker, I beg you⋯, the poor grinder went once again, his voice beginning to break up.

Just then the diligence stopped at the Anglores farm. Here it was that the two Beaucaire men got off, and believe me, I didn't try to stop them. What a trouble-maker sort of baker he was; even when he was in the

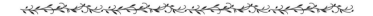

farmyard, we could still hear him laughing.

With those two characters gone, the coach seemed empty. We'd dropped the Camargue Ranger in Arles and the driver led the horses on foot from there. Just the grinder and myself were left on top, each silent and alone. It was very warm; the coach's leather hood was too hot to touch. At times I could feel my head and eyelids getting heavy and tired, but the unsettling yet placid plea of "Be quiet, I beg you." kept echoing in my mind and wouldn't let me nod off. No rest for that poor soul either. I could see, from behind, that his broad shoulders were shaking, and his course, pale hand trembled on the back of the seat like an old man's. He was crying⋯.

— This is your place, Paris! the driver said pointing out my green hillock with the tip of his whip, and there, like a huge butterfly on a hump, was my windmill.

I hurried to dismount ⋯ but as I passed by the grinder, I wanted to get look at him under his cap before leaving.

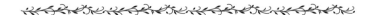

The unfortunate man jerked his head back as if reading my mind, and fixed me with his eyes:

— Mark me well, friend, he mumbled, and if one day, you hear of a tragedy in Beaucaire, you can say you know who did it.

He was a beaten, sad man with small, deep-set eyes; eyes that were filled with tears. But the voice; the voice was full of hatred. Hatred is the weak man's anger. If I were the she-grinder, I'd be very careful.

THE LIGHTHOUSE
ON THE SANGUINAIRES

It was one of those nights when I just couldn't sleep. The mistral was raging and kept me awake till morning. Everything creaked on the windmill, the whistling sails swayed heavily like ship's tackle in the wind, tiles flew wildly off the roof. The closely packed pines covering the hillside swayed and rustled far away in the darkness. You could imagine yourself out at sea···.

All this reminded me of the bad spell of insomnia I

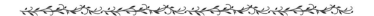

had three years ago, when I lived in the Sanguinaires lighthouse overlooking the entrance to the gulf of Ajaccio on the Corsican coast.

I had found a pleasant place there where I could muse in solitude.

Picture an island with a reddish cast and a wild appearance. There was a lighthouse on one headland and an old Genoese tower on the other, which housed an eagle while I was there. Down by the sea-shore there was a ruined lazaretto, overgrown with grass. Then there were ravines, low scrub, huge rocks, wild goats, and Corsican ponies trotting about, their manes flowing in the breeze. At the highest point, surrounded by a flurry of sea-birds, was the lighthouse, with its platform of white masonry, where the keepers paced to and fro. There was a green arched door, and a small cast-iron tower on top of which a great multifaceted lamp reflected the sun and gave light even in the daytime. Well, that's what I recalled of the Isle of the Sanguinaires, on that sleepless night as I listened

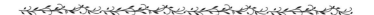

to the roaring pines. It was on this enchanted island that I used to fulfil my need for the open air and solitude before I found my windmill.

What did I do with myself?

Very much what I do here, or perhaps even less. When the mistral or tramontana didn't blow too hard, I used to settle down between two rocks, down by the sea amongst the gulls, blackbirds, and swallows, and stayed there nearly all day in that state between stupor and despondency which comes from contemplating the sea. Have you ever experienced that sweet intoxication of the soul? You don't think; you don't even dream; your whole being escapes, flies away, expands outwards. You are one with the diving seagull, the light spray across the wave tops, the white smoke of the ship disappearing over the horizon, the tiny red sailed boat, here and there a pearl of water, a patch of mist, anything not yourself⋯. Oh, what delightful hours, half awake and day-dreaming, I have spent on my island⋯.

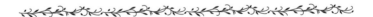

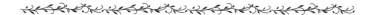

On days when the wind was really up, and it was too rough to be on the sea shore, I shut myself in the yard of the lazaretto. It was a small melancholy place, fragrant with rosemary and wild absinth, nestling against part of the old wall, where I let myself be gently overcome by that trace of relaxation and melancholy, which drifts in with the sun into the little stone lodges, open all round like old tombs. Occasionally, a gate would swing open or something would move in the grass. Once, it was a goat which had come to graze and shelter from the wind. When it saw me, it stopped, dumfounded, and froze, all agog, horns skyward, looking at me with innocent eyes.

At about five o'clock, the lighthouse keepers' megaphone summoned me to dinner. I returned only slowly towards the lighthouse, taking a small pathway through the scrub which ran up a hilltop overlooking the sea. At every step I glanced backwards onto the immense expanse of water and light that seemed to increase as I went higher.

It was truly delightful at the top. I can still recall now

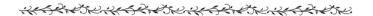

the lovely oak-panelled dining room with large flagstones, the bouillabaisse steaming inside, and the door wide open to the white terrace; all lit up by the setting sun. The keepers were already there, waiting for me before settling themselves down to eat. There were three of them: a man from Marseilles and two Corsicans; they all looked alike— small, and bearded, with tanned, cracked faces, and the same goat-skin sailor's jacket. But they had completely different ways and temperaments.

You could immediately sense the difference in the two races by their conduct. The Marseillais, industrious and lively, always busy, always on the move, going round the island from morning till night, gardening, fishing, or collecting gulls' eggs. He would lie in wait in the scrub to catch a passing goat to milk. And there was always some garlic mayonnaise or bouillabaisse on the hob.

The Corsicans, however, did absolutely nothing over and above their duties. They regarded themselves as Civil Servants and spent whole days in the kitchen playing

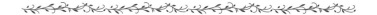

cards only pausing to perform the ritualistic relighting of their pipes or using scissors to cut up large wads of green tobacco in their palms.

Otherwise, all three, Marseillais and Corsicans, were good, simple, straight-forward folk, and were full of consideration for their visitor, although I must have seemed a very queer fish to them….

The thought of someone coming to stay in the lighthouse for pleasure, was beyond their grasp. These were men who found the days interminably long and were ecstatic when their turn came to go ashore. In the warm season, this great relief came every month. Ten days off after thirty days on; that was the rule. In the winter, though, in rough weather, no rules could be enforced. The wind blew strongly, the waves ran high, the Sanguinaires were shrouded in white sea spray, and they were cut off for two or three months at a time, sometimes in terrible conditions.

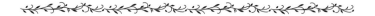

— I tell you what happened to me, monsieur,—old Bartoli told me one day, while we were eating,—it was five years ago, at this very table, one winter evening, just like this one. That night, there were just the two of us, me and a fellow keeper called Tchéco⋯. The others were ashore, or sick, or else on leave⋯. I can't remember, now⋯. We were finishing our dinners, quite contentedly⋯. Suddenly, my fellow keeper stopped eating, looked at me with strange eyes, and fell forward onto the table with outstretched arms. I went to him; I shook him; I called his name:

— Hey Tché!⋯ Hey Tché!⋯

— No response! He was dead!⋯ You can't imagine how I felt! I stayed there, idiot-like and trembling, next to the body for more than an hour. Then suddenly, I remembered,—The Light!—I only just had time to climb up to light the lantern—it was already getting dark⋯.

What a night, monsieur! The sea and the wind, they just

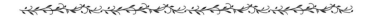

didn't sound like they usually do. All the time somebody seemed to be calling to me from down the stairway···. I became frenzied; my mouth dried. But you couldn't have made me go down there again···. Oh no! I was too scared of the dead body. However, in the small hours, some of my courage returned. I went down and carried my mate back to his bed, covered him over with a sheet, said a short prayer, and then ran to raise the alarm.

Unfortunately, the sea was too heavy; I shouted as loudly as I could, again and again, but to no avail, nobody came···. So, I was alone in the lighthouse with poor Tchéco, and for God knows how long. I was hoping to be able to keep him close to me until the boat came, but after three days that became impossible···. What should I have done? Carried him outside? Buried him? The rock was too hard and there are murders of crows on the island. It was a shame to leave a Christian to them. And then I decided to take him down to one of the lodges in the lazaretto···. That sad duty lasted a whole afternoon and, yes, it took some courage···. Look here, Monsieur,

even today, when I go down to that part of the island through an afternoon gale, I feel that the dead man is still there, on my shoulders⋯.

Poor old Bartoli! Sweat ran down his forehead just thinking about it.

And so, our meals passed in long conversations about the lighthouse, and the sea, with tales of shipwrecks, and Corsican bandits⋯. Then, as night fell, the keeper of the first watch lit his hand-lamp, took his pipe, flask, and a red-edged, thick volume of Plutarch, which was the sum total of the Sanguinaires' library, and went down out of sight. A moment later, there was a crash of chains, pulleys, and heavy weights as the clock was wound up.

While this was going on, I went to sit outside on the terrace. The sun, already well down, hurried its descent into the water, dragging the whole skyline with it. The wind freshened; the island turned violet. In the sky a big bird passed slowly near me; it was the eagle homing

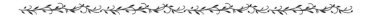

to the Genoese tower…. Gradually, a sea mist got up. Soon, nothing could be seen except a white ridge of sea-fog around the island. Suddenly, a great flood of light emerged above my head from the lighthouse. The clear ray left the island in complete darkness as it fell far out to sea, and I, too, was lost to sight in the night, under the great luminous sweeps which barely caught me as they passed…. But the wind was freshening again. Time to go indoors. I groped to close the huge door, I secured the iron bars, and then, still feeling my way, took the small cast-iron stairs, which trembled and rang under my feet, to the top of the lighthouse. Here, as you can imagine, there was plenty of light.

Picture a gigantic lamp with six rows of wicks with the inner facets of the lantern arranged around them, some with an enormous crystal glass lens, others opened onto a large fixed glass panel which protected the flame from the wind…. When I came in, I was completely dazzled, and the coppers, tins, white metal reflectors, rotating walls of convex crystal glass, with large blue-tinged circles, and

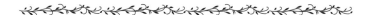

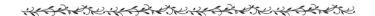

all the flickering lights, gave me a touch of vertigo.

However, gradually my eyes got used to it, and I settled down at the foot of the lamp, beside the keeper who was reading his Plutarch - for fear of falling asleep….

Outside, all was dark and desperate. On the small turning balcony, a maddening gust of wind howled. The lighthouse creaked; the sea roared. Out on the point, the breakers on the shoals sounded like cannon shots…. At times, an invisible finger tapped at the panes; it was some bird of the night, drawn by the light, braining itself against the glass….

Inside the sparkling, hot lantern, nothing was heard except the crackling flame, the dripping oil, the chain unwinding and the monotonous intoning of the life of Demetrius of Phaleron….

At midnight, the keeper stood up, took a last peek at the wicks and we went below. We passed the keeper of the

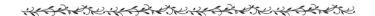

second watch, rubbing his eyes as he came up. We gave him the flask and the Petrarch. Then, before retiring, we briefly entered the locker-room below, which was full of chains, heavy weights, metal tanks, and rope. By the light of his small lamp, the keeper wrote in the large lighthouse log, always left open at the last entry:

Midnight. Heavy seas. Tempest. Ship at sea.

THE POPE'S MULE

When Provencal people talked about an aggressive man with a grudge, they used to say,

— Beware of that man!··· he is like the Pope's mule, who saved up her kick for seven years.

I have long been trying to find out where the saying came from, and what this papal mule and the seven year kick was all about. Nobody, not even Francet Mamaï, my

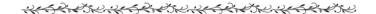

fife player, who knows the Provencal legends like the back of his hand, has been able to tell me. Francet, like me, thinks that it is from an old tale from Avignon, but he has not heard of it elsewhere.

— You'll find it in the Cicada's open library, the old piper told me with a snigger.

It seemed a good idea to me, and, the Cicada's library being right outside my door, I decided to shut myself in for a week.

It's a marvellous library, well stocked, and open twenty four hours a day to poets and it is served by those little cymbal-clashing librarians who make music for you all the time. I stayed in there for several delightful days, and after a week's searching - lying on my back - I came up with just what I was looking for: my own version of the mule with the famous seven year grudge. The story is charming and simple, and I will tell it to you as I read it yesterday from a manuscript, which had the lovely smell

of dried lavender, and long strands of maiden hair fern for bookmarks.

If you hadn't seen Avignon in papal times, you'd seen nothing. For gaiety, life, vitality, and a succession of feasts, no town was its peer. From morning till night there were processions, pilgrimages, flower strewn streets, high-hung tapestries, cardinals' arriving on the Rhone, buntings, galleries with flags flying, papal soldiers chanting Latin in the squares, and brothers' rattling their collecting boxes. There were such noises coming from the tallest to the smallest dwelling, which crowded and buzzed all around the grand Papal Palace, like bees round a hive. There was the click-click of the lace-makers' machines, the to and fro of the shuttles weaving gold thread for the chasubles, the little hammer taps of the cruet engravers, the twanging harmonic scales of the string instrument makers, the sing-songs of the weavers, and above all that, the peal of the bells, and the ever-throbbing tambourines, down by the bridge. You see, here in Provence, when people are happy, they must dance

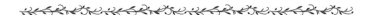

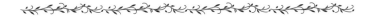

and dance. And then; they must dance again. When the town streets proved too narrow for the farandole, the fifers and tambourine players were placed in the cooling breeze of the Rhone, Sur le pont d'Avignon, where, round the clock, l'on y dansait, l'on y dansait. Oh, such happy times; such a happy town. The halberds which have never killed anyone, the state prisons used only to cool the wine. Never any famine. Never any war···. That's how the Comtat Popes governed their people, and that's why their people missed them so much···.

There was one pope called Boniface who was a particularly good old stick. Oh, how the tears flowed in Avignon when he died. He was such a loveable, such a pleasant prince. He would laugh along with you as he sat on his mule. And when you got near to him—were you a humble madder plant gatherer or a great town magistrate—he blessed you just as thoughtfully. Truly, a Pope from Yvetot, but a Provencal Yvetot, with something joyful in his laugh, a hint of marjoram in his biretta, and no sign of a lady love···. The only romantic delight ever

known to the good father, was his vineyard—a small one that he had planted himself amongst the myrtles of Château-Neuf, a few kilometres from Avignon.

Every Sunday, after vespers, this decent man went to pay court to the vineyard. As he sat in fine sunshine, his mule close by, his cardinals sprawled out under the vines, he opened a bottle of vintage wine—a fine wine, the colour of rubies, which has been known ever since as Château-Neuf du Pape—which he liked to sip while looking fondly at his vineyard. Then, the bottle empty and the daylight fading, he went merrily back to town, his whole chapter in tow. As he passed over the pont d'Avignon, amongst the drums and farandoles, his mule, taking her cue from the music, began a jaunty little amble, while he himself beat the dance rhythm out with his biretta. This shocked his cardinals, but not so the people, who were delighted by it, and said, "What a good prince! What a great pope!"

After his Château-Neuf vineyard, the pope loved his mule more than anything else on earth. The old man was

quite simply besotted with the creature. Every night before going to bed, he made sure that the stable was locked and that there was plenty for her to eat. Also, he never rose from the table without a large bowl of wine, à la française, made with sugar, herbs, and spices, and prepared under his own watchful eye. He then took it, personally, to the mule, ignoring the cardinals' reproaches. Certainly, the beast was well worth the trouble, for she was a handsome, red-dappled, black mule, sure footed, glossy coated, with a large full rump and proudly carrying her small, slim head fully got up in pompoms, knots, silver bells and ribbons. She also showed an honest eye, as sweet as an angel's, and her ever-twitching long ears gave her a child-like, innocent appearance. Everybody in Avignon loved her, and when she was trotting through the streets, they all looked approvingly at her and made a great fuss of her; for everybody knew that this was the best way to gain the pope's favour. In all innocence, she had led many a one to good fortune, the proof of which lay in the person of Tistet Védène and his wonderful venture.

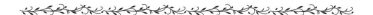

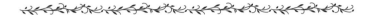

This Tistet Védène was, in truth, a mischief-maker, to the point where his father Guy Védène, the renowned goldsmith, had to run him out of the house, because he refused to do anything and coaxed the apprentices away from their work. For six months, he was seen hanging around every low place in Avignon. He was mainly to be seen near the Papal house, though, because this ne'er-do-well had something in mind for the Pope's mule, and, as you will see, it was something malicious···. One day, as His Holiness was out with his mule under the ramparts, along came Tistet and accosted him, clasping his hands together in feigned admiration:

— Oh, my lord, most Holy Father, what a splendid mule you have there!··· Let me feast my eyes on her···. Oh, my dear Pope, she's a real beauty. I'll warrant the German Emperor doesn't have one like her.

Then he stroked her, and spoke gently to her as if she were a young lady:

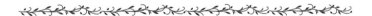

— Come here, my jewel, my treasure, my priceless pearl···.

The kind Pope was truly moved and thought to himself:

— What a fine young boy!··· And how kind he is to my mule.

And the result? The very next day, Tistet Védène exchanged his old yellow coat for a beautiful lace cassock, a purple silk cape, and buckled shoes ready for his entry into the Pope's choir school. An establishment which, previously, had only taken in sons of the nobility or cardinals' nephews. That's how intrigue was done. But Tistet didn't stop at that.

Once he was in the Pope's service, the monkey did exactly the same tricks he had mastered before. He was insolent to everybody, having neither time nor consideration for anyone but the mule, and was to be seen for ever in the palace courtyard with handfuls of oats or

bundles of sainfoin, gently shaking the pink bunches, as he looked at the Holy Father's balcony, with a look as if to say,

— Who's this lovely food for, then?

So much so, indeed, that finally the good Pope, who was beginning to feel his age, decided to leave the care of looking after the stable and taking the mule her bowl of wine, à la française, to none other than Tistet Védène. This did not amuse the cardinals.

As for the mule; it didn't amuse her at all···. From now on, at the time for her wine, she would witness five or six clerics from the choir school, with their lace and capes, get in amongst her straw. Then, shortly afterwards, a fine warm smell of caramel and aromatic herbs filled the stable, and Tistet Védène appeared carefully carrying the bowl of wine à la française. But the mule's agony was only just beginning.

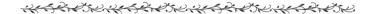

This scented wine, which she loved so much, and kept her warm, and made her walk on air, was bought to her, in her very own manger, where it was put right under her nose. And then, just as her flared nostrils were full of it—it was cruelly snatched away—and the beautiful rosy red liqueur disappeared down the throats of those clerical brats···. If only they had been satisfied with just stealing the wine from her, but there was more to come. They were like demons, these clerical nobodies; after they had drunk the wine, one pulled her ears, another her tail; and while Quiquet mounted her, Béluguet tried his biretta on her. But not one of these thugs realised that with one butt or kick in the kidneys, the brave animal could have sent them all to kingdom come, or beyond. But, she wouldn't! She was not the Pope's mule for nothing, the mule associated with benedictions and indulgences. They often did their worst; but she kept her temper under control. It was just Tistet Védène that she really hated. When she felt him behind her, her hoof would itch to give him what for. The villainous Tistet played some terrible tricks on her. And after a drink or two, he came up with some very

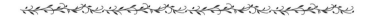

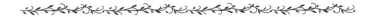

cruel inventions.

One day he decided to drive her up the bell tower of the choir school; to the very pinnacle of the palace. This really happened—two hundred thousand Provencal folk will tell you they've seen it! Imagine the terror of the luckless mule, when, after being shoved blindly up a spiral staircase and climbing who knows how many steps, she found herself suddenly dazzled on a brilliantly lit platform from where she could see the whole of a fantastic Avignon far below her, the market stalls no bigger than hazel nuts, the Pope's soldiers in front of their barracks looking like red ants, and there on a silvery thread, a tiny, microscopic bridge where l'on y dansait, l'on y dansait. Oh, the poor beast! She really panicked. She cried out loud enough to rattle the palace windows.

— What's the matter, what's happening to her? cried the Pope rushing to his balcony.

Tistet Védène, already back down in the courtyard, was

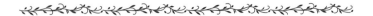

pretending to cry and pull out his hair,

— Oh, most Holy Father, it's ⋯ it's your mule⋯. My lord, how will it all end? Your mule has climbed up into the bell tower⋯.

— All alone?

— Yes, most Holy Father, all alone⋯. Look, look at her, up there⋯. Can't you see the end her ears sticking up?⋯ They look like a couple of swallows from here⋯.

— God help us! said the Pope beside himself and looking up⋯. She must have gone mad! She's going to kill herself⋯. Come down, you fool!⋯

Well! there was nothing she would have liked better ⋯ but how? The stairs were not to be entertained, you could climb them alright, but coming down was a different story; there were a hundred different ways to break your legs⋯. The poor mule was very distressed, and wandered about the platform, her huge eyes spinning from vertigo, and contemplated Tistet Védène,

— Well, you swine, if I get out of this alive ⋯ tomorrow morning will bring you such a kicking!

The thought of revenge revitalised her; without it she couldn't possibly have held on. At last, somebody managed to bring her down, but it was quite a struggle needing ropes, a block and tackle, and a cradle. Imagine what a humiliation it was for a Pope's mule to find herself hanging from a great height, legs thrashing about like a fly caught in a web. Just about everyone in Avignon was there to witness it.

The unhappy creature could no longer sleep at nights. She imagined that she was still spinning round on the cradle, with the whole town below laughing at her. Then her mind turned to the despicable Tistet Védène and the really good kicking that she was going to give him the very next morning. Oh, what a hell of a kicking that

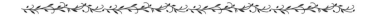

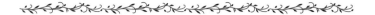

was going to be! The dust would be seen flying from far away···. Now, while the stable was being prepared for her, what do you think our Tistet Védène was up to? He was sailing down the Rhone, if you please, singing on a papal galley on his way to the court at Naples, accompanying the troupe of young nobles who were sent there by the town to practice their diplomacy and good manners in Italy. Tistet was no nobleman, but the Pope insisted on rewarding him for his care of the mule, particularly for the part he had just played in her rescue.

So, it was the mule who was disappointed the next day.

— Oh, the swine, he has got wind of something! she thought shaking her bells furiously···; but that's alright, go away if you must, you mischief-maker, you will still get your kicking when you get back···. I will save it for you!

And save it for him, she did.

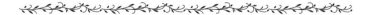

After Tistet's departure, the Pope's mule returned to her tranquil life and ways of the old times. No more Quiquet, or Béluguet in the stable. The happy days of wine à la française returned, and with them came contentment, long siestas, and even the chance to do her own little gavotte once again, when she went sur le pont d'Avignon. And yet, since her adventure, she felt a certain coolness towards her in the town. Whispers followed her on her way, old folks shook their heads, and youngsters laughed and pointed at the bell tower. Even the good Pope himself hadn't as much confidence in his furry friend and when he wanted a nap mounted on the mule, coming back from the vineyard on Sundays, he feared that he would wake up on top of the bell tower! The mule felt all this, but suffered it in silence, except when the name Tistet Védène was mentioned in front of her, when her ears would twitch and she would snort briefly as she whetted her iron shoes on the paving stones.

Seven years passed before Tistet Védène returned from the court at Naples. His time over there wasn't finished,

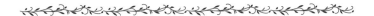

but he had heard that the Pope's Head Mustard-Maker had suddenly died in Avignon, and he thought the position was a good one, so he rushed to join the line of applicants.

When the scheming Védène came into the palace, he had grown and broadened out so much, that the Holy Father hardly recognised him. It has to be admitted though that the Pope himself had aged and couldn't see too well without his spectacles.

Tistet wasn't one to be intimidated.

— Most Holy Father, can you not recognise me? It is I, Tistet Védène···.

— Védène···?
— Yes, you know me well···. I once served the wine, à la française, to your mule.

— Oh, yes, yes···. I remember···. A good little boy, Tistet Védène···. And now, what can we do for him?

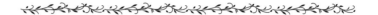

— Oh, not a lot, most Holy Father⋯. I came to ask you something⋯.

By the way, have you still got your mule? Is she keeping well?⋯ Oh, that's good⋯. I came to ask you for the position of your Head Mustard-Maker, who has just died.

— Head Mustard-Maker, you! You're far too young. How old are you, now?

— Twenty years and two months, great pontiff, exactly five years older than your mule⋯. Oh, what a prize of God, a fine beast! If you only knew how much I loved that mule and how much I longed for her in Italy. Please may I see her?

— Yes, my child, you may see her, said the good, and by now, very moved Pope, and, as you care so much for the dear thing, I don't want you to live too far away. From this day forward, I am appointing you into my presence in the office of Head Mustard-Maker⋯. My cardinals

will protest, but so what; I'm quite used to that···. Come and see us tomorrow after vespers, we will give you the insignias of your office in the presence of our chapter, and then ··· I'll take you to see the mule and you can accompany us to the vineyard···. Well, well, let's do it···.

I needn't tell you that Tistet Védène left the hall walking on air, and couldn't wait for the next day's ceremony. And yet, there was someone in the palace, someone even happier and more impatient than he. Yes, it was the mule. From the moment Védène returned, right until the next day's vespers, the fearsome beast never stopped stuffing herself with hay and kicking her rear hoofs out at the wall. She, too, was making her own special preparations for the ceremony···.

And so, the next day, after vespers, Tistet Védène made his entry into the courtyard of the papal palace. All the head clergymen were there, the cardinals in red robes, the devil's advocate in black velvet, the convent's abbots in their petite mitres, the church wardens of Saint-Agrico,

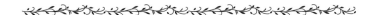

and the purple capes of the choir school. The rank and
file clergy were also there, the papal guard in full dress
uniform, the three brotherhoods of penitentiaries, the
Mount Ventoux hermits with their wild looks, and the little
clerk who followed them carrying his bell. Also there were
the flagellant brothers, naked to the waist, the sacristans,
sprouting judge's robes, and all and sundry, even the holy-
water dispensers, and those that light, and those that
extinguish, the candles···. Not one of them was missing···.
It was a great ordination! Bells, fireworks, sunshine, music
and, as always, the tambourine playing fanatics leading
the dance, over there, sur le pont d'Avignon···.

When Védène appeared in the midst of the assembly,
his bearing and handsome appearance set off quite
a murmur of approval. He was the magnificent type
of a man from Provence, from fair-headed stock with
curly hair and a small wispy beard which could have
been made from the fine metal shavings fallen from
his goldsmith father's chisel. Rumour has it that Queen
Jeanne's fingers had occasionally toyed with that blond

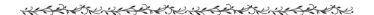

beard. The majesty of Védène had indeed a glorious aspect; he had the vain, distracted look of men who have been loved by queens. On that day, as a courtesy to his native country, he had exchanged his Neapolitan clothes for a pink, braided jacket in the Provencal style, and a huge plume from an ibis on the Camargue fluttered on his hood.

The moment he entered as the new Head Mustard-Maker, he gave a general, gentlemanly greeting and made his way towards the high steps, where the Pope was waiting to give him his insignias of office: the yellow boxwood spoon and the saffron uniform. The mule was at the bottom of the steps, harnessed and ready to go to the vineyard.

As he passed her, Tistet Védène gave a broad smile, and paused to give her two or three friendly pats on the back, making sure, out of the corner of his eye, that the pope was watching···. The mule steadied herself:

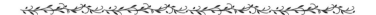

— There you are! Caught you, you swine! I have saved this up for you for seven long years!

And she let loose a mule-kick of really terrible proportions, so that the dust from it was seen from a long way away – a whirlwind of blond haze and a fluttering ibis's feather were all that was left of the unfortunate Tistet Védène!⋯

Mules' kicks are not normally of such lightning speed, but she was a papal mule; and consider this; she had held it back for seven long years. There was never a better demonstration of an ecclesiastical grudge.

THE WRECK OF
THE SEMILLANTE

The other night the mistral took us off course to the Corsican coast, so to speak. Let's stay there, as it were, while I tell you of an horrific event, often talked about by the local fishermen during their evening get-togethers, the details of which came to me by chance.

About two or three years ago, I was out sailing on the Sardinian Sea with seven or eight customs' men. A tough trip for a landlubber! There hadn't been a single fair day

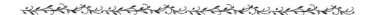

in the whole of March. The wind relentlessly pursued us
and the sea never, ever, let up.

One evening, as we were running before the storm,
our boat found refuge in the opening to the Straits of
Bonifacio, in the midst of an archipelago···. They were
not a welcoming sight: huge bare rocks covered with
birds, a few clumps of absinth, some lenticular scrub,
and here and there pieces of rotting wood half buried in
the silt. But, believe me, for a night's stay, these ominous
rocks were a much better prospect than the half-covered
deckhouse of our old boat, where the waves made
themselves very much at home. In fact, we were pleased
to see the islands.

The crew had lit a fire for the bouillabaisse, by the time
we were all ashore. The Master hailed me and pointed out
a small outcrop of white masonry almost lost in the fog at
the far end of the island:

— Are you coming to the cemetery? he said.

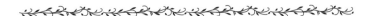

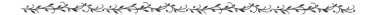

— A cemetery, Master Lionetti! Where are we then?

— The Lavezzi Islands, monsieur. The six hundred souls from the Sémillante are buried here, at the very spot where their frigate foundered ten years ago···. Poor souls, they don't get many visitors; the least we can do is to go and say hello to them, while we're here···.

— Of course, willingly, skipper.

The Sémillante's crew's last resting place was inexpressibly gloomy. I can still see its small low wall, it's iron gate, rusted and hard to open, its silent chapel, and hundreds of crosses overgrown by the grass. Not a single everlasting wreath, not one remembrance, nothing! Oh, the poor deserted dead; how cold they must be in their unwanted graves.

We stayed there briefly, kneeling down. The Master was praying loudly, while gulls, sole guardians of the cemetery, circled over our heads, their harsh melancholy

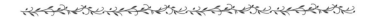

cries counterpoint to the sea's lamentations.

The prayer finished, we plodded, sadly, back to the spot where the boat was moored. The sailors had not wasted any time; we were met by a great roaring fire in the shelter of a rock, with a hot-pot steaming. We all sat around, feet drying by the flames, and soon everyone had two slices of rye bread to dunk into a soup-filled terra cotta bowl on our knees. The meal was eaten in silence; after all, we were wet, and hungry, and near to the cemetery···. However, once the bowls were empty, we lit our pipes and started to speak about the Sémillante.

— Well, how did it happen? I asked the boat's Captain, who was looking thoughtfully into the flames, head in hands.

— How did it happen? Captain Lionetti repeated by way of a reply. Then he sighed,—Alas, monsieur, nobody alive can tell you. All we know is that the Sémillante, loaded with troops bound for the Crimea, had left Toulon in

bad weather the previous night. Later, things changed
for the worse; wind, rain, and enormous seas the like
of which had never been seen before⋯. In the morning,
the wind moderated, but the sea was still in a frenzy. On
top of that, the devil's own fog descended—you couldn't
see a light at four paces. Those fogs, monsieur, you can't
believe how treacherous they can be⋯. But it didn't
make any difference, I believe the Sémillante must have
lost her rudder that morning, for there is no such thing
as a risk-free fog, and the Captain should never have
gone aground there. He was a tough and experienced
seafarer, as we all know. He had commanded the naval
station in Corsica for three years, and knew his coast
hereabouts as well as I; and it's all I do know.

— At what time do you think the Sémillante foundered?

— It must have been at midday; yes, monsieur, right in
the middle of the day. But, my word, when it comes to
sea fogs, midday is no better than a pitch-black night⋯.
A local customs' officer told me, that at about half past

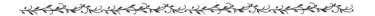

eleven that day, as he went outside to close his shutters, the wind got up again and a gust blew his cap off. At the risk of being carried away himself, he began to scramble after it along the shore—on his hands and knees. You must understand that customs' men are not well off, and a cap is an expensive item. It seems that our man raised his head for a second and noticed a big ship under bare poles, running before the wind blowing towards the Lavezzi Islands. This ship was coming fast, so fast that he hardly had time to get a good look at her. No doubt it was the Sémillante because half an hour later, the island shepherd heard something on these rocks···. But here's the very shepherd I'm talking about, monsieur; he will tell you himself···. Good day, Palombo, don't be frightened, come and warm yourself.

A hooded man, whom I had seen a moment ago hanging around our fire, came timidly towards us. I had thought he was one of the crew, not knowing that there was a shepherd on the island.

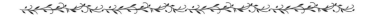

He was an old, leprous person, not quite all there, and affected by some awful disease or other which gave him obscenely thickened lips, horrible to look at. We took great trouble to tell him what it was all about. Then, scratching his diseased lip, the old man told us that, yes indeed, from inside his hut he had heard a fearful crash on the rocks at midday on that day. The island was completely flooded, so he couldn't go out-of-doors and it wasn't until the next day that he opened up to see the shore covered in debris and bodies washed up by the sea. Horrified, he ran to his boat to try to get some help from Bonifacio.

The shepherd was tired by all this talking, and sat down, and the

Master took up the story:

— Yes, monsieur, this was the unfortunate old man that came to raise the alarm. He was almost insane with fear, and from that day on, his mind has been deranged. The truth is, the catastrophe was enough to do it···. Imagine six hundred bodies piled up haphazardly

on the beach with splinters of wood and shreds of sail-cloth···. Poor Sémillante···. The sea had crushed everything to such tiny fragments, that the shepherd, Palombo, couldn't find enough good timber to make a fence round his hut···. As for the men, practically all of them were disfigured and hideously mutilated···. it was pitiful to see them all tangled up together. We found the captain in full dress uniform, and the chaplain with his stole round his neck. In one place, between two rocks, lay the ship's young apprentice, open-eyed···. He looked as though he was still alive—but he wasn't. It was fated; no one could have survived.

Here the Master broke off his tale:

— Hey, Nardi, he cried, the fire's going out.

Nardi threw two or three pieces of tarred planking onto the embers which spluttered and then blazed. Lionetti continued,

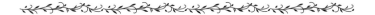

— The saddest thing about this story is this···. Three weeks before the disaster, a small corvette, similar to the Sémillante, on its way to the Crimea was also wrecked in the same way, almost at the same place. This time however, we managed to save the crew and twenty soldiers in transit who were on board···. These unfortunate soldiers, you see, were not able to go about their business. We took them to Bonifacio and they stayed with us at the port for two days···. Once they were thoroughly dried out and back on their feet, we bade them farewell and good luck, and they returned to Toulon, where they later set sail once again for the Crimea···. It's not too difficult to guess which ship they sailed on! Yes, monsieur, it was the Sémillante···. We found all twenty of them amongst the dead, just where we are now···. I, myself, recovered a good looking Brigadier with fine whiskers, a fresh-faced man from Paris, whom I had put up at my house and who had made us laugh continuously with his tales···. To see him there was heart breaking. Oh, Holy Mother of God!···

With that, Lionetti, deeply moved, knocked out his pipe and tottered off to his cabin wishing me goodnight…. The sailors spoke quietly to each other for a while, then they put out their pipes one by one. Nothing more was said. The old shepherd went off, and I remained alone, to mull things over, sitting amongst the sleeping crew.

Still affected by the horrendous tale I had just heard, I tried to reconstruct in my mind the unfortunate lost ship and the story of the agonising event witnessed only by the gulls. A few details struck me and helped me to fill out all the twists and turns of the drama: the Captain in full dress uniform, the Chaplain's stole, the twenty soldiers in transit. I visualised the frigate leaving Toulon at night. As she left the port, the sea was up, the wind was terrible; but the Captain was a valiant and experienced sailor and everybody on board was relaxed.

A fog got up in the morning. A sense of unease began to spread. The whole crew were on deck. The Captain stayed on the quarter-deck. In the 'tween-decks where

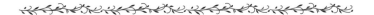

the soldiers were billeted, it was pitch black, and the air was hot. Some of the men were sea-sick. The ship pitched horribly, which made it impossible to stand up. They talked in groups, sitting on the floor, clutching the benches for dear life; they had to shout to be heard. Some of them started to feel afraid. Listen, shipwrecks are common around those parts; the soldiers were there themselves to prove it, and what they said was not at all reassuring. Especially the Brigadier, a Parisian, who was always making quips that made your flesh creep:

— A shipwreck! How hilarious, a shipwreck. We are about to leave for an icy bath, and then be taken to Captain Lionetti's place in Bonifacio, where blackbirds are on the menu.

The soldiers laughed⋯.

Suddenly, there was a great creaking sound⋯.

—What the hell's that? What's going on?

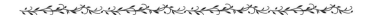

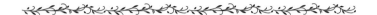

—We've just lost the rudder, said a thoroughly sea-drenched sailor who was running through the 'tween-decks.

— Have a good trip! cried the never-say-die Brigadier, but this time the remark caused no laughter.

There was chaos on deck, but everything was hidden by the fog. The sailors were all over the place, scared, and groping about···. No rudder! Changing course was impossible···. The Sémillante could only run before the wind···. It was at that moment that the customs' officer saw her; it was half past eleven. In front of the frigate, a sound like a cannon shot was heard···. The breakers! the breakers! It was all up, there was no hope, ship and men together were going straight onto a lee shore···. The Captain went down into his cabin···. After a short time he reappeared on the quarter-deck—in full dress uniform··· He wanted to look right when he died.

In the 'tween-decks, the soldiers were anxiously

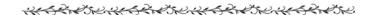

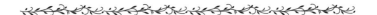

exchanged glances without saying a word···. The sick were doing their best to get on their feet···. Even the Brigadier wasn't laughing any more···. It was then that the door opened and the Chaplain appeared on the threshold wearing his stole:

— Kneel down, my children!

Those who could obeyed, and in a resounding voice, the priest began the prayer for the dying.

Suddenly, there was a formidable impact, a cry, one cry consisting of many, an immense cry, their arms fully tensed, their hands all clasped together, their shocked faces looking at a vision of death as it passed before them like a stroke of lightning···.

Mercy···!

That is how I spent the whole night, ten years after the event, reliving, and evoking the spirit of the ill-fated

ship whose wreckage was all around me. Far away, in the straits, the storm was still raging on. The camp-fire's flame was blown flat by a gust of wind, and I could hear our boat bobbing listlessly about at the foot of the rocks, its mooring squealing.

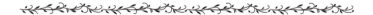

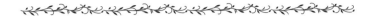

THE TWO INNS

I was on my way back from Nîmes, one crushingly hot
afternoon in July. As far as the eye could see, the white,
blistering road, was turning to clouds of dust between
olive groves and small oaks, under a great, silver, hazy
sun which filled the whole sky. Not a trace of shade, not
a whisper of wind. Nothing except the shimmering of
the hot air and the strident cry of the cicadas' incessant
din, deafening, hurried, and seeming to harmonise with
the immense luminous shimmering···. I had walked for

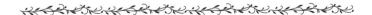

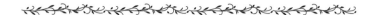

two hours in this desert in the middle of nowhere, when suddenly a group of white houses emerged from the dust cloud in the road in front of me. They were known as the Saint-Vincent coaching inns: five or six farms with long red roofed barns; and a dried up watering hole in a would-be oasis of spindly fig trees. At the end of the village, two large inns faced each other across the road.

There was something striking about these inns and their strange setting. On one side, there was a large, new building, full of life and buzzing with activity. All the doors were ajar; a coach was in front, from which the steaming horses were being unhitched. The disembarked passengers were hurriedly drinking in the partial shade by the walls. There was a courtyard strewn with mules and wagons, and the wagoners were lying down under the outhouses waiting to feel cool. Inside there was the jumbled sound of shouting, swearing, fists banging on the tables, glasses clinking, billiard balls rattling, lemonade corks popping, and above all that racket, a joyful voice, bursting with song loud enough to shake the windows:

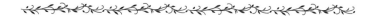

The lovely Margoton,

Just as soon as night was day,

Took her little silver can,

To the river made her away⋯.

⋯The inn on the other side was silent and looked completely abandoned. There was grass under the gate, broken blinds, and a branch of dead holly on the door; all that was left of an old decoration. The entrance steps were supported by stones from the road⋯. It was so poor and pitiful, that it was a real act of charity to stop there at all, even for a drink.

As I went in, I saw a long gloomy, deserted room, with daylight, bursting in through three large, curtainless, windows, which just made it look even more deserted and gloomy. There were some unsteady tables, with dust-covered glasses long abandoned on them. There was also a broken billiard table which held out its six pockets like begging bowls, a yellow couch, and an old bar, all

slumbering on in the heavy, unhealthy heat.

And the flies! Oh, God, the flies! I have never seen so many. They were on the ceiling, stuck to the windows, in the glasses, in clusters everywhere···. When I opened the door, there was a buzzing as if I had just entered a bee hive. At the back of the room, in a window, there was a woman standing, her face pressed against the glass and totally absorbed in looking through it. I called to her twice:

—Hello, landlady!

She turned round slowly and revealed a pitiful peasant's face, wrinkled, cracked, earth coloured, and framed in long strands of brownish lace, like old women wear hereabouts. And yet, she wasn't an old woman, perhaps the tears had wilted her.

—What can I do for you? She asked me, drying her eyes.

—Just a sit down and a drink⋯.

She looked at me, utterly astonished, and didn't move as if she hadn't understood.

— This is an inn, isn't it?

The woman sighed:

— Yes⋯ it's an inn, in a manner of speaking⋯. But why aren't you over the road like everybody else? It's a much livelier place⋯.

— It's a bit too lively for my liking⋯. I'd rather stay here.

And without waiting for her reply, I sat down at a table. Once she had satisfied herself that I was genuine, she began to flit to and fro busily, opening drawers, moving bottles, wiping glasses, and flicking the flies away⋯. You could see that a customer was quite an event for her. Now and then the unfortunate woman would hold her head as

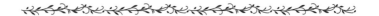

if she was despairing of getting to the end of it.

Then she disappeared into a back room; I heard her take up some keys, fiddle with the locks, rummage in the bread bin, huff and puff, do some dusting, wash some plates. And from time to time ⋯ a muffled sob⋯. After a quarter of an hour of this performance, a plate of dried raisins, an old Beaucaire loaf as hard as the dish it came on, and a bottle of cheap wine, were placed before me.

— There you are, said the strange creature, and rushed back to her place at the window.

I tried to engage her in conversation as I was drinking up.

— You don't often get people here do you, madam?

— Oh, no, monsieur, never, no one⋯. It was very different at the time when we were the only the coaching inn around here. We did the lunches for the

hunt during the soter bird season, as well as coaches all the year round⋯. But since the other place has opened up, we've lost everything⋯. The world and his wife prefer to go across the way. They find it just too miserable here⋯. The simple fact is that this place doesn't interest them. I'm not beautiful, I have prickly heat, and my two little girls are dead⋯. Over there it's very different, there is laughter all the time. A woman from Arles, a beautiful woman with lots of lace and three gold chains round her neck, keeps the place. The driver, her lover, brings in customers for her in the coach. She also has a number of attractive girls for chamber maids⋯. This also brings lots of business in! She gets all the young people from Bezouces, from Redessan and from Jonquières. The coachmen go out of their way to call in at her place⋯. As for me, I'm stuck in here all day, all alone, eating my heart out.

—

She said all that with a distracted, vacant way, forehead still pressed against the window pane. Obviously, there was something in the inn opposite that really interested

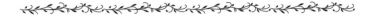

her···. Suddenly, over the road, a lot started to happen. The coach edged forward in the dust. The sounds of cracking whips and a horn was heard. The young girls squeezed together in the doorway and shouted:

— Goodbye! Goodbye···!

And above all that, the wonderful voice, singing, as before, most beautifully,

> Took her little silver can,
> To the river made her way,
> She didn't notice by the water,
> Three young cavaliers, quite near.

The woman's whole body shook on hearing that voice; and she turned towards me and whispered:

— Do you hear that? That's my husband···. Don't you think he has a beautiful voice?

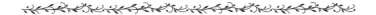

I looked at her, stupefied.

— What? Your husband?⋯ So even he goes over there?

Then, with an apologetic air, but movingly, she said:

— What can you do, monsieur? Men are like that, they don't like tears, and I'm always breaking down, since our little girls died⋯. Then, this dump of a place, where nobody comes, is so miserable⋯. Well then, when he gets really fed up, my poor dear José goes over the road for a drink, and, the woman from Arles gets him to sing with that gorgeous voice of his. Hush!⋯ There he goes again. And, trembling, and with huge tears that made her look even more ugly, she stood there in front of the window, hands held out in ecstasy, listening to her José singing to the woman from Arles:

> The first was bold and whispered to her,
> You're so beautiful my dear!

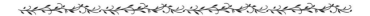

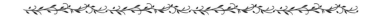

THE CUSTOMS' MEN

The boat Emilie from Porto-Vecchio, on which I had made the mournful voyage to the Lavezzi Islands, was a small, old, half-decked, customs' vessel, with no shelter available from the wind, the waves, nor even the rain, save in a small, tar covered deckhouse, hardly big enough for a table and two bunks. It was unbelievable what the sailors had to put up with in bad weather. Their faces were streaming, and their soaked tunics steaming, as if in the wash. In the depths of winter, these unfortunate souls

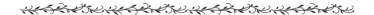

spent whole days like this, crouching on their drenched seats, shivering in the unhealthy wet and cold, even at nights. Obviously, a fire couldn't be lit on board, and it was often difficult to make the shore⋯. Well, not one of these men complained. I always saw the same calmness and good humour in them, even in the most severe weather. And yet, what a gloomy life these customs' mariners led.

They were months away from going home, tacking and reaching around those dangerous coasts. For nourishment they had to make do mainly with mouldy bread and wild onions; they never once tasted wine or meat; these were expensive items and they only earned five hundred francs a year. Yes, five hundred francs a year. But it didn't seem to bother them! Everybody there seemed somehow content. Aft of the deckhouse, there was a tub full of rain water for the crew to drink, and I recall that after the final gulp went down, every last one of them would finish off his mug with a satisfied, "Ah!⋯"; a comic yet endearing indication of all being well with him.

Palombo, a small, tanned, thick-set man from Bonifacio was the merriest, and the most well at ease of all of them. He was always singing, even in the very worst weather. When the seas were high, when the sky was overcast, dark, and hail filled, everyone was all agog, sniffing the air, their hands cupped over their ears, listening and watching out for the next squall. Even in this great silence of anxiety on board, the voice of Palombo would begin the refrain:

> No, dear Sir,
> It will cause a stir.
> Wise Lisette will stay,
> And never ever go away….

And the gust could blow, rattle the tackle, shake and flood the boat, still the customs' man's song continued, rocking like a seagull on the crests of the waves. Sometimes the wind's accompaniment was too loud, and the words were drowned, but between each breaking wave, in the cascade of draining water, the little ditty was

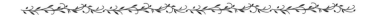

heard once again:

> Wise Lisette will stay,
> And never ever go away

One day, when it was blowing and raining hard, I didn't hear him. This was so unusual, that I was moved to emerge through the boathouse hatch and shout:

— Hey! Palombo, you're not singing, then?

Palombo didn't reply. He was lying apparently motionless under his bench. I went up to him; his teeth were chattering and his whole body was trembling feverishly.

— He's got a pountoura, his comrades miserably informed me.

This was what they called a stitch in the side, pleurisy. I had never witnessed a more miserable sight. There was an

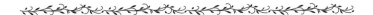

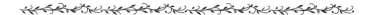

overwhelming, leaden sky, the boat had water cascading everywhere, the luckless, fevered man was wrapped in an old rubber coat which glistened like a seal's skin. The cold, the wind, and the jolting of the waves, soon made his condition worse. He became delirious; something had to be done.

After doing all we could, and as evening was approaching, we put into a small, silent, lifeless port, only animated by circling seagulls. The beach was shut in by steep-sided, high rocks, impassable scrub and sombre, unseasonably green shrubs. Nearby, close to the sea there was a custom's post, housed in a small white building with grey shutters. It was given a rather sinister air, this official outpost, numbered like the cap on a uniform, by its position, in the middle of such a deserted spot. We took the ailing Palombo down to it, though it was a despairing sanctuary for a sick man. We found the custom's man eating by the fireside with his wife and children. Everybody had a gaunt and jaundiced look, and they were pop-eyed and feverish. The young mother, suckling a

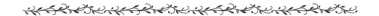

baby, shivered as she spoke to us.

— It's a terrible post, the Inspector barely whispered to me. We have to replace our Customs' men here every two years. The marsh fever eats them away….

Nevertheless, the main thing was to get hold of a doctor. There wasn't one this side of Sartène, many kilometres away. What could we do? Our mariners were done and could do no more, and it was too far to send one of the children. Then the woman, leaning outdoors, called:

— Cecco! Cecco!

And in came a large, well-built chap, a typical specimen of a poacher or Corsican bandit, with his brown wool cap and his goatskin sailors jacket. I had already noticed him, as we disembarked; he was sitting in front of the door chewing his red pipe, with a rifle between his legs. He made off as we came near; I don't know why. Perhaps he thought we had gendarmes with us. When he entered, the

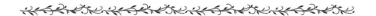

Customs' woman blushed.

— He's my cousin,

she told us. There's no danger that this one will get lost in the Corsican scrub.

Then, she whispered something to him, indicating the sick man. The man bent forward but said nothing. Then he left, whistled his dog, and was gone, leaping from rock to rock with his long legs, with the rifle on his shoulder.

The children, who seemed terrified by the Inspector, quickly scoffed down their dinner of chestnuts and white Corsican goat cheese. Then there was the inevitable water; never anything but water on the table. And yet, a sip of wine would have really done the children some good. Oh, what complete and utter misery! After a while, their mother saw them off to bed, while their father lit his lantern and went out to check the coast. We stayed by the fireside looking after the invalid, who was tossing and turning on his pallet, as if he was still at sea being

buffeted by the waves. We warmed up some stones to put on his side to ease his pleurisy. Once or twice the hapless man recognised me as I approached his bed and put out his hand with great difficulty by way of thanks. His broad hand was as rough and hot as one of the bricks from the fire.

It was a miserable vigil! Outside, as night fell, the bad weather picked up again, and there was a crash, a rumble, and a great spurt of spray, as the battle between rocks and water broke out again. From time to time, the gusts from out at sea blew into the bay and enveloped the house. The flames suddenly flared and lit up the blank faces of the sailors around the fireplace. They had the calm expression of those who routinely experience wide open spaces and horizons. Occasionally, Palombo moaned gently, and their eyes would turn towards the wretched place where the poor man was dying, far from home, and beyond help. Only their breathing and sighing could be heard. This was the only reaction you would get out of these workmen of the sea who were just as patient

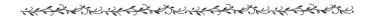

and accepting of their own misfortune. No rebellions, no strikes. Only sighs. Just sighs. And yet, perhaps I'm kidding myself. One of them, on his way to putting wood on the fire, whispered almost apologetically to me:

— You see, monsieur, there can be much suffering in our line of work….

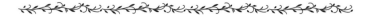

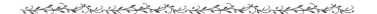

THE LAST LESSON

I started for school very late that morning and was in great dread of a scolding, especially because M. Hamel had said that he would question us on participles, and I did not know the first word about them. For a moment I thought of running away and spending the day out of doors. It was so warm, so bright! The birds were chirping at the edge of the woods; and in the open field back of the saw-mill the Prussian soldiers were drilling. It was all much more tempting than the rule for participles, but I

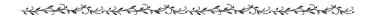

had the strength to resist, and hurried off to school.

When I passed the town hall there was a crowd in front of the bulletin-board. For the last two years all our bad news had come from there—the lost battles, the draft, the orders of the commanding officer—and I thought to myself, without stopping:

— What can be the matter now?

Then, as I hurried by as fast as I could go, the blacksmith, Wachter, who was there, with his apprentice, reading the bulletin, called after me:

— Don't go so fast, bub; you'll get to your school in plenty of time!

I thought he was making fun of me, and reached M. Hamel's little garden all out of breath.

Usually, when school began, there was a great bustle,

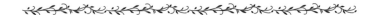

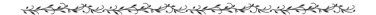

which could be heard out in the street, the opening and closing of desks, lessons repeated in unison, very loud, with our hands over our ears to understand better, and the teacher's great ruler rapping on the table. But now it was all so still! I had counted on the commotion to get to my desk without being seen; but, of course, that day everything had to be as quiet as Sunday morning. Through the window I saw my classmates, already in their places, and M. Hamel walking up and down with his terrible iron ruler under his arm. I had to open the door and go in before everybody. You can imagine how I blushed and how frightened I was.

But nothing happened, M. Hamel saw me and said very kindly:

— Go to your place quickly, little Franz. We were beginning without you.

I jumped over the bench and sat down at my desk. Not till then, when I had got a little over my fright, did I see

that our teacher had on his beautiful green coat, his frilled shirt, and the little black silk cap, all embroidered, that he never wore except on inspection and prize days. Besides, the whole school seemed so strange and solemn. But the thing that surprised me most was to see, on the back benches that were always empty, the village people sitting quietly like ourselves; old Hauser, with his three-cornered hat, the former mayor, the former postmaster, and several others besides. Everybody looked sad; and Hauser had brought an old primer, thumbed at the edges, and he held it open on his knees with his great spectacles lying across the pages.

While I was wondering about it all, M. Hamel mounted his chair, and, in the same grave and gentle tone which he had used to me, said:

— My children, this is the last lesson I shall give you. The order has come from Berlin to teach only German in the schools of Alsace and Lorraine. The new master comes to-morrow. This is your last French lesson. I want

you to be very attentive.

What a thunder-clap these words were to me!

Oh, the wretches; that was what they had put up at the town-hall!

My last French lesson! Why, I hardly knew how to write! I should neverlearn any more! I must stop there, then! Oh, how sorry I was for not learning my lessons, for seeking birds' eggs, or going sliding on the Saar! My books, that had seemed such a nuisance a while ago, so heavy to carry, my grammar, and my history of the saints, were old friends now that I couldn't give up. And M. Hamel, too; the idea that he was going away, that I should never see him again, made me forget all about his ruler and how cranky he was.

Poor man! It was in honor of this last lesson that he had put on his fine Sunday-clothes, and now I understood why the old men of the village were sitting there in the back

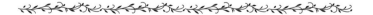

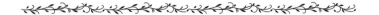

of the room. It was because they were sorry, too, that they had not gone to school more. It was their way of thanking our master for his forty years of faithful service and of showing their respect for the country that was theirs no more.

While I was thinking of all this, I heard my name called. It was my turnto recite. What would I not have given to be able to say that dreadful rule for the participle all through, very loud and clear, and without one mistake? But I got mixed up on the first words and stood there, holding onto my desk, my heart beating, and not daring to look up. I heard M. Hamel say to me:

— I won't scold you, little Franz; you must feel bad enough. See how it is! Every day we have said to ourselves: 'Bah! I've plenty of time. I'll learn it to-morrow.' And now you see where we've come out. Ah, that's the great trouble with Alsace; she puts off learning till to-morrow. Now those fellows out there will have the right to say to you: 'How is it; you pretend to

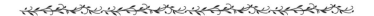

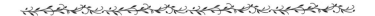

be Frenchmen, and yet you can neither speak nor write your own language?' But you are not the worst, poor little Franz. We've all a great deal to reproach ourselves with.

Your parents were not anxious enough to have you learn. They preferred to put you to work on a farm or at the mills, so as to have a little more money. And I? I've been to blame also. Have I not often sent you to water my flowers instead of learning your lessons? And when I wanted to go fishing, did I not just give you a holiday?

Then, from one thing to another, M. Hamel went on to talk of the French language, saying that it was the most beautiful language in the world—the clearest, the most logical; that we must guard it among us and never forget it, because when a people are enslaved, as long as they hold fast to their language it is as if they had the key to their prison. Then he opened a grammar and read us our lesson. I was amazed to see how well I understood it. All he said seemed so easy, so easy! I think, too, that

I had never listened so carefully, and that he had never explained everything with so much patience. It seemed almost as if the poor man wanted to give us all he knew before going away, and to put it all into our heads at one stroke.

After the grammar, we had a lesson in writing. That day M. Hamel had new copies for us, written in a beautiful round hand: France, Alsace, France, Alsace. They looked like little flags floating everywhere in the school-room, hung from the rod at the top of our desks. You ought to have seen how every one set to work, and how quiet it was! The only sound was the scratching of the pens over the paper. Once some beetles flew in; but nobody paid any attention to them, not even the littlest ones, who worked right on tracing their fish-hooks, as if that was French, too. On the roof the pigeons cooed very low, and I thought to myself:

— Will they make them sing in German, even the pigeons?

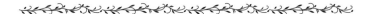

Whenever I looked up from my writing I saw M. Hamel sitting motionless in his chair and gazing first at one thing, then at another, as if he wanted to fix in his mind just how everything looked in that little school-room. Fancy! For forty years he had been there in the same place, with his garden outside the window and his class in front of him, just like that. Only the desks and benches had been worn smooth; the walnut-trees in the garden were taller, and the hop-vine, that he had planted himself twined about the windows to the roof. How it must have broken his heart to leave it all, poor man; to hear his sister moving about in the room above, packing their trunks! For they must leave the country next day.

But he had the courage to hear every lesson to the very last. After the writing, we had a lesson in history, and then the babies chanted their ba, be, bi, bo, bu. Down there at the back of the room old Hauser had put on his spectacles and, holding his primer in both hands, spelled the letters with them. You could see that he, too, was crying; his voice trembled with emotion, and it was so funny to hear

him that we all wanted to laugh and cry. Ah, how well I remember it, that last lesson!

All at once the church-clock struck twelve. Then the Angelus. At the same moment the trumpets of the Prussians, returning from drill, sounded under our windows. M. Hamel stood up, very pale, in his chair. I never saw him look so tall.

— My friends,

said he,

— I··· I···

But something choked him. He could not go on.

Then he turned to the blackboard, took a piece of chalk, and, bearing onwith all his might, he wrote as large as he could:

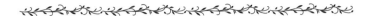

— Vive La France!

Then he stopped and leaned his head against the wall, and, without a word, he made a gesture to us with his hand;

— School is dismissed, you may go.

샤를 페로 고전 동화집

샤를 페로 지음 | 김설아 옮김 | 272쪽 | 12,500원

샤를 페로가 1697년에 발표한 최종본으로 수백 년 동안 세계적으로 사랑받고 있는 「잠자는 숲 속의 공주」 「푸른 수염」 「신데렐라」 등 10편의 동화를 영문본과 함께 수록. '어린이 문학의 아버지'가 들려주는 삶의 지혜가 담겨 있다.

이솝우화

이솝 지음 | 김설아 옮김 | 256쪽 | 12,000원

이솝우화 113편을 영문본과 함께 엮은 책. 한 편의 우화를 읽은 후에 한 문장의 교훈을 얻도록 구성했다. 약자에게는 희망과 용기를, 교만하고 무례한 자에게는 반성의 기회를 마련해주는 책으로, 전 세계에서 가장 널리 읽히는 고전.

이상한 나라의 앨리스

루이스 캐럴 지음 | 류지원 옮김 | 임진아 그림 | 320쪽 | 13,000원

분홍 눈의 하얀 토끼와 함께 토끼 굴속으로 추락하다가 '이상한 나라'에 떨어진 앨리스의 신기한 대모험! 그곳에서는 앨리스 앞에 기기묘묘한 일들이 펼쳐지는데……. 과연 앨리스는 '이상한 나라'에서 모험을 잘 마치고 돌아올 수 있을까?

거울 나라의 앨리스

루이스 캐럴 지음 | 류지원 옮김 | 임진아 그림 | 359쪽 | 13,500원

이상한 나라의 앨리스가 또다시 신기하고도 흥미진진한 모험을 떠난다. 이번에는 거울 반대편 세상, '모든 것이 거꾸로인 거울 나라'다! 앨리스는 모든 것이 거꾸로인 나라에서 독특한 캐릭터들과 함께 예기치 못한 사건들 속으로 휘말려 들어가는데…….